RONALDO DURAN

A BUDISTA BRASILEIRA

Vitrine Cultural

A Budista Brasileira

A Budista Brasileira

Ronaldo Duran

1ª. Edição

Vitrine Cultural

São José dos Campos – 2019

Copyright© Ronaldo Duran

Desenho gráfico e capa

Vitrine cultural

1. Ficção – contos

Dados Internacionais de Catalogação na Publicação (CIP)

Agência Brasileira do ISBN – Bibliotecária Priscila Pena Machado CRB-7/6971

D948   Duran, Ronaldo.

      A budista brasileira/Ronaldo Duran. – São José dos Campos

  : Vitrine Cultural, 2019.

290 p.; 21cm

ISBN 978-85-6758803-2

    1.   Romance. 2. Literatura brasileira. 3. Ficção. I. Título.

                              CDD B869.3

À Carolina Lemes

Você tem tudo a ver com o Budismo. Aproveite cada momento: estudando, divertindo-se, refletindo.

Um forte abraço,

Ronaldo Duran

Aos Budistas

Tenho admiração por essa religião que se mobiliza pela paz mundial.
Peço desculpas antecipadas se qualquer passagem ou expressão for
mal interpretada e pôr em dúvida meu respeito por sua causa.
Vale lembrar que essa história é uma ficção e qualquer semelhança
com a realidade é mera coincidência.

Obrigado,

Ronaldo Duran

CAPÍTULO UM

Myo-hô-ren-guê-kyô

O telefone tocou umas cinco vezes. Em todas, um parente confirmando ou querendo confirmar a reunião. A primeira chamada coincidiu com o barulho do despertador. Após atender a ligação, a dona da casa, meio zonza de sono, cambaleando, voltava pelo estreito corredor. A tarefa era despertar marido, filha e os parentes que passaram a última noite do ano de 1999 em sua residência.

A Sra. Thereza Soares Fiorini acendeu a luz do quarto de Diana, a filha. Ninguém lá. Já estava na cozinha aprontando um café bem forte. O marido também não foi problema. O Sr. Vicente é madrugador, todos sabem.

Dureza seria sacudir os primos Diogo, Rita e Patrick. Ao contrário da prima Diana, beberam todas na noite anterior. Os tios e tias, contabilizando quatro adultos, estereótipos de responsável, pouco relutaram em se aprontar.

Decorridos trinta minutos, aos trancos e barrancos, estavam os dez estacionando defronte ao kaikan, divididos em dois carros. Diana conduzia um; o pai Vicente, o outro.

Havia começado o recital uns quinze minutos atrás.

Tiveram sorte. Conseguiram encontrar assentos.

Exceção aos primos e ao Sr. Vicente, que não eram budistas praticantes, Diana e a mãe, pisando dentro do templo, embalaram-se no ritmo da oração.

O pai Vicente havia praticado por muitos anos o budismo, antes de discutir com um dirigente. De lá para cá, sua fé e prática se retraíram. Vez por outra, acompanhava a esposa, mas preferia se esquivar.

A esposa com sua sutra, ao lado da filha, seguia o exemplo das dezenas de bocas, recitando:

Myô-hô-ren guê-kyô
Hô-ben pon. Dai-ni.
Ni-ji-sê-son. Ju-san mai.
An jô-ni-ki. Gô-shari hôtsu. Shô-bú-ti-ê...

O café e a fé serviam como excelentes estimulantes para mantê-los despertos, atentos às palavras que pareciam complicadas aos que estão chegando ali pela primeira vez ou que nunca viram uma sutra budista. Um bocejo aqui, um rosto amarrotado ali e até uma cochilada acolá faz parte da cena. Seria exigir muito o pique total mesmo dos membros mais fiéis às 8 horas da manhã do 1º. dia do ano.

Noite de réveillon, se não derruba, ao menos costuma deixar meio sonolento, visto que a maioria dorme muito depois das doze badaladas.

O templo é do budismo de Nitiren Daishonin.

_ Sossega menino! – a mãe apertou o braço do pirralho de nove anos que, impaciente como qualquer criança, perturbava a concentração dela no que o pessoal lá na frente falava ao microfone.

Não seria justo deixar as crianças em casa, elas precisam se acostumar. E seria querer muito que prestassem atenção ao discurso por mais divertido que seja, ou permanecessem quietas. A maioria dos fiéis ali, porém, mostra simpatia e tolerância para com o empenho dos pais.

_ E agora, senhores e senhoras, teremos a mensagem de Ano Novo do presidente Daisaku Ikeda. O Sr. Inácio Yume fará a leitura – disse a mestre de cerimônias, sorridente, dezessete anos, exibindo o corpo de 1,81 m, magro e desenvolto.

O Sr. Inácio se aproximou do tablado.

As palmas o seguiram até o momento que alcançou o microfone e ofereceu breve saudação aos presentes. Pronto! Sinal explícito que sugeria total silêncio da plateia.

A mãe da criança barulhenta, meio atormentada, debatia-se consigo. Por fim, resolveu abandonar o recinto. Ninguém a expulsava, senão a própria consciência.

Ah, espere! A fujimbo, solidária, ofereceu-se para levar a criança para lugar reservado. Lá haveria mais crianças, igualmente indisciplinadas.

A leitura começou.

"Ano-novo de 2000. O portal da história está prestes a encerrar o velho século e abrir o terceiro milênio – vasto palco de uma nova cultura, de uma nova civilização."

"As pessoas moldam a história. Particularmente, os cidadãos comuns devem ser os protagonistas."

"Por que a revolução do 'poder do povo' das Filipinas foi bem-sucedida? O ex-presidente filipino Fidel Ramos declarou sem hesitar que foi porque as pessoas tinham fé e autoconfiança."

"Avancemos em direção a uma nova era em que o ser humano seja o protagonista. E avancemos em direção a um mundo em que haja ampla comunicação entre todos os seus cidadãos. Isso, acredito, será de importância fundamental para a humanidade no século XXI."

"Fico imaginando quantas pessoas existem no mundo que realmente acreditam poder mudar a humanidade por meio do poder dos valores espirituais?"

"A fusão da filosofia e do ser humano. Essa é uma realização inigualável do movimento popular da SGI que se propagou para todos os cantos do globo."

"Observemos o mundo por um momento."

"Há tantos lugares e comunidades neste planeta – com suas florestas, montanhas e desertos – sobre os quais sabemos tão pouco.

Lugares e comunidades que deram surgimento a culturas, religiões e povos únicos."

"O que une, no nível mais profundo, essa grande diversidade que parece resistir à coesão?"

"Esse ator unificador nada mais é que a nossa identidade comum como seres humanos."

"Tudo começa pelo respeito à dignidade humana e pelo reconhecimento do valor inerente na vida de cada pessoa e da maravilha que é a existência humana."

"Vamos, portanto, iniciar a nossa busca interior."

"Como devemos viver?"

"Quais são os verdadeiros valores da vida?"

"Qual o propósito de nossa existência?"

"Temos de dizer adeus a um mundo que considera essas questões como insignificantes."

"Os ensinamentos humanísticos do budismo criam cidadãos autoconfiantes e independentes."

"Bons cidadãos são aqueles que amam tanto o seu país como o mundo. Uma forte aliança de cidadãos do mundo que possuem uma correta filosofia humanística irá transformar o mundo."

"O desenvolvimento de cada pessoa constitui a base e a estrutura para o progresso da humanidade."

"A rápida globalização está tornando as diferenças geográficas praticamente insignificantes e transformando o mundo num só."

"Mas a globalização externa trouxe consigo sérios males sociais em forma de caos, estagnação e extermínio dos valores culturais."

"O nosso movimento aspira à globalização interior – uma transformação no próprio ser humano e que se desenvolve em uma vasta rede de pessoas interiormente motivadas."

"Vamos fincar profundamente as raízes da fé em nossa vida e procurar perceber nosso ilimitado potencial humano – não a partir de fora, mas de dentro. Vamos também plantar as sementes da paz de coração a coração, criando dessa forma um rico florescer da paz no século XXI."

"Tenho absoluta certeza de que os esforços incessantes que os senhores estão empreendendo dia e noite, para esse fim, terão um significado infinitamente profundo para a história no futuro."

"Neste momento decisivo, enquanto assentamos as bases para o terceiro milênio, vamos continuar a encorajar e a apoiar uns aos outros e a avançar rumo à paz e à felicidade de todas as pessoas."

"Estou orando sinceramente pela felicidade, pelos vigorosos empreendimentos e pela longevidade de todos os meus preciosos companheiros da SGI."

Os discípulos sentiram-se fortalecidos ao término da leitura. Sentimento próprio dos que estão embebidos do poder místico da fé. Pena que, como é tão seguro e real este sentimento no crente, o é inteiramente incompreensível no não-crente.

Para os que não estão acostumados a reuniões ou encontros budistas, espantam-se com tal método oriental de conduzir um culto. Seja no templo da comunidade, ou nas regulares reuniões na residência de praticantes, a monotonia não é bem-vinda.

Menos oração, mais discussão. Menos monólogo, mais diálogo. Menos recital, mas interpretação da leitura feita do jornal semanal, o Brasil Seikyo. A monótona e ininterrupta repetição de princípios cede espaço à criatividade e à estimulação da massa cinzenta dos fiéis.

Diana se identifica com o budismo. "Que interessa ouvir os batidos chavões? Que quando se morre será assim ou assado? Que se deve praticar o bem almejando o futuro debaixo da terra ou em algum lugar no cosmo? Que adianta para a harmonia dos vivos sonhar com a tranquilidade dos mortos?", são perguntas que fazia quando adolescente para reforçar os pontos fortes de sua religião.

Para Diana a religião verdadeira tem que priorizar o ensinamento do homem para o homem. Devia cultivar o respeito a si mesmo e ao semelhante. Evitar chavões como abaixar a cabeça, antes dar a cara para bater ou suplicar que o bom-senso caia sobre a cabeça do nosso algoz. A Idade Média pregou atitudes como estas e o que resultou? Mortes e mais mortes. Despotismo e violação dos mínimos direitos do ser humano, lembra-se das aulas de história no ensino médio.

Desde quando pertencia a divisão de jovens Diana entendia que a religião precisa cultivar a discussão, a reflexão entre os fiéis. Nada de rezar latim para o povo que não entende latim. Se o exemplo do latim está ultrapassado, ia além: nada de pregar ao vento o que se pensa ser certo ou errado, e agir em desacordo.

Deve-se, sim, discutir em alto e bom som os princípios e a prática da fé do culto que estiver em questão.

"Na era da informação, a religião que segue o exemplo budista, dogmando menos e dialogando mais, se sobressai. A época é imprópria para o elemento passivo: que ouve e diz sim a todos os preceitos ditados por aquele que se intitula o chefe da tribo", frase ouvida da líder da divisão das moças quando a ocasião era propícia para a transmissão dos valores da divisão.

Encerrada a reunião, a família Fiorini se mistura às inúmeras pessoas que lotam o templo.

À medida que dava e recebia cumprimentos, caminhava para fora do recinto. O sorriso, àquela altura, já havia refeito o rosto amassado de sono.

Os rapazes que tocaram duas músicas e as moças que fizeram apresentações, minutos atrás, agradando inclusive à visão e aos ouvidos dos menos sensíveis, agora desfilam, uns com seus possantes instrumentos, outros com a maquiagem melada pelo suor no rosto, ou dentro das roupas especiais.

Os artistas da divisão dos jovens ainda chamam a atenção. Exibicionismo perfeitamente perdoável.

Todas as tribos internas têm seu destaque. O salão colore-se com elementos das várias divisões que formam o núcleo da

Sokagakai. A divisão das senhoras, das garotas, dos adultos e dos senhores se misturava. As crianças, que compunham o pompontai, eram minorias no momento; como foi dito, muitas permaneceram a roncar nas confortáveis camas ou a esperar o retorno da mãe.

Como chegamos aqui com a família Fiorini, é com ela que partiremos. Já no estacionamento, entramos no carro. As saudações, os sorrisos e as palavras de boa sorte nos acompanham até o portão.

CAPÍTULO DOIS

Festival da Primavera

Entraram na casa. Mãe e filha caminham para o Gohonzon. Saudação rápida. Desde que se converteu ao budismo, em 1978, a Sra. Thereza Soares nunca descuida da saudação, em busca de boa sorte, seja na hora de entrar ou sair de casa.

Em março, comemora seus vinte e um anos de prática. Pertence à comunidade de Santana.

Antes era católica, não praticante, mas católica. A conversão aconteceu um ano e meio após a primeira visita a uma reunião budista. Tudo por influência de suas colegas de classe da primeira faculdade que cursou. Um pouco antes da reunião, as duas colegas, Lúcia Seitan e Marta Fujimo, convidaram-na para assistir a uma apresentação no Luso. Era setembro de 1977, época do tradicional festival da primavera.

Fiorini aceitou o convite numa boa. Queria distrair-se.

A apresentação a sacudiu. Manteve-se superatenta, sem desviar o olhar dos protagonistas em cima do grande palco. Admirava-se pela harmonia, perfeição e natural encanto que uma boa apresentação produz no espectador.

_ Essa companhia é boa. Os artistas são excelentes. Legal vocês contratá-los. Ribeirão precisa dessas coisas – disse Thereza.

_ Sim, mas ninguém ali é contratado. Tampouco é uma companhia, quer dizer, não são artistas profissionais – Lúcia esclareceu.

_ Não? – espantou-se Thereza.

_ Não. São membros voluntários. Dependendo da disponibilidade de tempo, cada um contribui como pode para que o espetáculo aconteça. Repare nas divisões: por exemplo, as senhoras que estão no palco agora – e apontou – são da divisão das senhoras.

_ Interessante! Quer dizer que todos que subiram lá são voluntários?

_ Isto mesmo. Voluntários...

_ Mas... – ficou em dúvida em prosseguir.

_ Como conseguem a perfeição? – Lúcia adivinhou.

_ É que a gente não tem a impressão que eles são amadores.

_ Simples. Estão desafiando suas fraquezas, seus comodismos, suas preguiças, seus medos. É uma forma de servirem à paz mundial.

_ Quê? Paz mundial? Isto é filosofia.

_ Se ficasse só no papel, seria pura filosofia. Como você vê, há muito superamos este estágio. Ninguém ali recebe dinheiro, troféu ou prêmio. Ninguém ali está sendo pressionado para participar da apresentação. Cada um reconhece o benefício que o ato traz para si e para a humanidade.

_ É... Talvez seja isso que falta para a maioria: doarem-se mais a uma causa, serem mais voluntariosos, menos interesses.

_ Na verdade, temos nossos interesses. Se o dinheiro e o poder não ocupam espaço em nosso coração, por outro lado existe o interesse pela paz mundial. Sabemos que, para chegar à paz, por vezes apela-se para a guerra. A nossa guerra não tem armas de fogo ou maledicência. Só que não somos ingênuos: a maldade que infesta o mundo é grande. A maldade abomina a paz, alimenta-se do egoísmo reinante nos espíritos atormentados, cujo carma acumulado em vidas passadas impede visualizar formas mais sadias de viver com seus semelhantes. O iluminado tem o dever de ajudar estes espíritos.

_ Espíritos atormentados? – Fiorini, meio com o pé atrás, forçou uma ironia. – Significa que todos que não são budistas são espíritos atormentados?

_ Eu não disse isto.

_ Hm...

_ Jesus Cristo não era budista, mas foi um espírito iluminado. Um espírito em estado de graça pode existir fora da religião, porque ele já é a própria encarnação do religioso. O papel da religião e, em especial da filosofia humanista, o budismo que pratico, é possibilitar aos enfermos de espírito, com carma pesado ou leve, a paz que o iluminado tem por natureza. Inclusive o iluminado por natureza encontra no budismo uma porta para tornar o mundo mais justo através de sua iniciativa iluminada.

_ Mas não é isso que vejo em muitas religiões. Tem muita gente enriquecendo às custas do povo.

_ A religião em si mal algum representa para a humanidade. Mas, como em toda organização, há os espertos infiltrados que unicamente desejam apropriar-se e espoliar a boa-fé alheia.

Thereza parou para refletir. Não era ateia, mas há anos deixou de conceber a existência de um deus semelhante ao homem, sentado num trono alado, rodeado de anjos e santos.

A apresentação prosseguia. Soares ia se afundando na apreciação do espetáculo. As pessoas que apareciam no palco, dando o máximo de si. Imagem suficiente para prender a atenção, silenciar assuntos paralelos. Para não dizer que mais uma perguntinha conseguiu escapulir de sua boca, em meio ao som harmônico que saía dos instrumentos da divisão dos jovens, houve a seguinte.

_ Como pode! Duma hora para outra, passar a tocar tão bem?

_ Simples. É porque não é de uma hora para outra.

Houve um silêncio. Em seguida, a amiga continuou.

_ Durante meses, os grupos treinam bastante. Na maioria das vezes, o membro oferece seus fins de semana e feriados. É. Todos têm seus compromissos: escola, trabalho, família. A organização sabe disso e tenta facilitar o acesso. Treinam nas horas vagas. Mesmo assim, requer disciplina excepcional. Além de haver pouco tempo, a maioria está moída, após a semana de trabalho.

_ Sacrificam as horas de lazer?

_ Em parte. Quando saudável e sensível aos espíritos dos fiéis, a religião já é o lazer. Sabe promover atividades que dão prazer, ao mesmo tempo em que acrescenta algo útil.

Dias mais tarde, a própria Fiorini tomou a iniciativa de ir a uma reunião da comunidade, realizada quatro vezes na semana, na casa dos membros.

Entrou na sala.

Vintes cadeiras ou mais, enfileiradas transversalmente, dispostas como numa sala de treinamento. Nelas os membros, de mãos juntas, oravam, com os olhos ora na sutra de Lótus que tinham em mãos, ora no Btsudan, espécie de grande móvel de madeira, quase uma estante compacta, que continha uma portinha aberta. Dentro da portinha, viu-se uma folha de papel tamanho A4, contendo uns dizeres incompreensíveis.

Para Fiorini, que estava conhecendo o budismo pela primeira vez, não foi menos incompreensível o som a uma só voz, feito pelos membros. Som esquisito. Mas é tradição recitar a sutra em sânscrito.

A língua estrangeira imperou por cerca de meia hora, depois do que se seguia a reunião propriamente, em português. Thereza se sentiu como se acabasse de retornar ao Brasil.

A estrutura da reunião traduz-se por flexibilidade.

Primeiro, um membro apresenta seu relato de experiência. Em seguida, um dos dirigentes toma o centro das atenções. Não, nem por um momento ele pensa em centralizar em sua pessoa o dom da palavra. Exerce mais o papel de orientador em frente às pessoas sentadas em cadeiras dispostas a formar um meio círculo. Estimula cada membro a expor a própria opinião face ao relato apresentado.

Nesse meio tempo, podem surgir atividades extras. Recitar uma canção ou ensaiar apresentação teatral de membros mais desenvoltos. Uma parada no tom de palestra, para trabalhar o lúdico no grupo. Na sequência, retoma-se a leitura e reflexão sobre a matéria impressa no jornal Brasil Seikyo.

O conteúdo da discussão satisfaz as dúvidas dos calados, ou menos acostumados a falar. Como o processo é dinâmico, obviamente novas dúvidas pipocam. É a dialética da discussão que fomenta a aprendizagem.

Fiorini havia se identificado.

Lúcia emprestou para a amiga o primeiro volume da Revolução Humana, escrita pelo presidente da SGI, sr. Daisaku Ikeda. Quinze dias seriam suficientes para Fiorini completar a leitura.

Dos demais volumes da coleção, ela leria mais três.

Passou a assinar o jornal e a revista Terceira Civilização. Ambos completavam, a cada edição, o aprendizado gradual da filosofia e prática da religião budista de Nitiren Daishonin.

O namorado, Vicente Fiorini, estudante de Contabilidade, quando comparecia às reuniões budistas, fazia-o apenas para agradar a amada. Não se identificava com religião. Era católico só de batismo.

Namoravam há alguns meses. Seria o primeiro relacionamento sério de Thereza.

Virou casamento. Até novembro de 1978, estariam unidos pelos laços matrimoniais. A filha única, Diana Soares Fiorini, viria um ano mais tarde.

CAPÍTULO TRÊS

Kotekitai

A nova família que se forma teria a essência budista. Pelo menos no que dependesse da mãe e da filha.

Casado, Vicente faria questão de acompanhar a esposa ao templo ou às reuniões nas residências. Ajudaria na aquisição do oratório, além de incentivar a filhinha nos contatos iniciais com a religião de dona Thereza. Chegou mesmo a praticar a fé, orando durante uns trinta minutos por dia, ao lado da mulher, antes de ir para a cama. Também cultivou o hábito de rezar quando ia e chegava do serviço.

Doce começo de casamento.

Um dia, Vicente desanimou. Para não magoar a esposa, alegou preocupação com o trabalho. Não colou. Viver a dois é isso. Cada um necessita conservar a privacidade, mínima que seja. Não há nada pior que forçar o cônjuge a fazer algo que o desagrade. Deve haver uma disposição voluntária para aceitar o convite que se oferta.

Já a filha pegou firme na prática.

Fim de semana era sagrado para a garota se debruçar sobre as práticas budistas no Kaikan. Saía de casa às sete horas da manhã. Os incômodos vinham mais dos pais do que da filha. A preguiça esporádica dos adultos é que atrapalhava a obstinação da criança.

Diana, nascida em berço budista, teria laço mais firme com a religião do que os pais que ali aportaram marmanjos, calejados por ceticismo, desilusões, algumas irreversíveis. Estava pronta a abraçar uma prática de coração aberto.

Numa religião os participantes acabam comungando crenças definidas em relação a questões tais como *por que se existe, de onde se vem e para onde se vai após a morte.*

O agrupamento religioso difere do escolar, familiar e do emprego. Não que seja mais autêntico. Há, porém, tendência para maior comprometimento entre as pessoas para se respeitarem. Há maior esforço para compreensão mútua. O espírito abre a guarda. Esquecem-se as nocivas práticas e desconfianças que marcam atitudes e pensamentos das pessoas.

A garota entende a magia, mesmo que de um ponto de vista mais próprio à sua idade. Em sua opinião, é bem mais agradável que colônia de férias.

A turma da religião é mais calorosa. Sempre disposta a perdoar as falhas do outro. Os conselhos expressam a sincera amizade, em vez de mera e mesquinha repreensão. A pessoa que tem sua atenção chamada percebe o interesse genuíno para que ela evolua, transcenda seus pontos fracos. O fim almejado é a harmonia com o grupo.

Diana curtia os amigos, as brincadeiras, os ensaios musicais. No meio do grupo budista, as rusgas eventuais eram tão diferentes do colégio. Era muito mais gratificante. Fazia refletir sobre o deslize. Nada de ficar magoada quando levava esculacho, servia para amadurecer.

A fase do pompontai ia se extinguindo e com ela as atividades a que se habituara na meninice.

Havia, agora, mais introspecção, menos diversão, mais compromisso religioso.

Entrava na fase da adolescência.

Tinha início a fase de encarar a religião do ponto de vista mais maduro. Resfriaria o uso de brincadeiras, ao passo que liberavam a abundante inquietação do jovem.

As colegas do Kotekitai, nome dado para a divisão das moças, em sua maioria chegaram juntas da divisão infantil.

Eram recepcionadas pelas veteranas, moças que enquanto não se casassem permaneceria na divisão. Casando-se, passavam para a divisão das senhoras.

A entrada no kotekitai só lhe deu prazer.

Tinha as amigas confidentes, os adultos compreensíveis, as senhoras sorridentes.

De vez em quando, um mal-entendido pipocava. Uma discussãozinha com a responsável de comunidade, de bloco ou com colega da divisão a que pertencia.

O budismo, dizia um dos mestres, também é palco para a exposição dos sentimentos mais genuinamente humanos. Se ali se desenvolvem as melhores provas de amizades e companheirismo, o lado mesquinho em momento algum é impedido de vir à tona.

Com o tempo, Diana passou a perceber que se o lado mesquinho é evidenciado, o verdadeiro budista toma isso como desafio. Munido de muito daimoku, paciência e carisma, tenta-se trazer a lucidez ao espírito desviante.

A certa altura Diana começou a perceber que quem mais oferece resistência à iluminação do budista é ele mesmo.

_ Fácil é dar conselho, dizer que é certo e errado, dizia a um chakubuku, mas quando aquele que dá os conselhos vê apontados seus defeitos, muda de postura. O verdadeiro budista se destaca, como todo homem que pratica uma fé sincera e não oportunista. Consegue enxergar as próprias falhas. Na medida do possível, com muito desafio, busca a transformação de si mesmo.

A moça acredita que essa base que uma religião deve conter e disseminar. Que melhor benefício para o kossen-rufo, para a paz mundial, que a paz dentro de seus próprios adeptos?

Diana Fiorini cresceu.

Tornou-se uma bela criatura. Encantava a todos. Destaque para os homens: dos mais velhos aos jovens que acabaram de chegar à idade da razão.

Aos dezessete anos, prestou vestibular para Medicina.

Entrou.

Diana levava existência de filha de classe média alta. Com seu carro, adquirido logo que tirou a CNH, aos dezoito anos. Com suas viagens ao exterior para aperfeiçoar o inglês. Com seus passeios ao litoral do Brasil, de norte a sul, para pegar bronzeado e conhecer gente diferente, fazer amizades.

Passeios e viagens, só em período de férias. Para uma pessoa dedicada, seria como cometer falta grave se fugisse das aulas para curtir as delícias proporcionadas pelo turismo.

Para Diana Fiorini, os compêndios de Medicina, as aulas teóricas, as aulas em laboratório, representavam também encantos inenarráveis.

Na opinião dos parentes, o futuro reservava para a pequena Diana a sequência presumível: concluir a formação acadêmica, achar rapagão do interesse, talvez médico, casar-se, ter filhos e clinicar.

Um incidente viria a perturbar essa esperada sequência.

_ A vida não seria um incidente? Um colega que perturbava a ideia budista de escola da existência, certo dia indagou perto de Diana. De repente, nascemos no Brasil, no seio de certa família. Crescemos. Vem o amor nos relacionamentos. Geramos e criamos os seres. Morremos. Anos mais à frente, quem se lembra de nós? Mesmo os ídolos são esquecidos debaixo da terra. Nesse meio tempo, durante nossa existência, acontecem mais coisas imprevisíveis do que esperávamos ou desejávamos.

Embora se mantivesse quieta, Diana tinha convicção em sua fé, dando-se ao luxo de evitar embate.

Um delírio? Na verdade, tudo tem sua lógica, e já está certo, definido? continuava o amigo de classe no segundo ano de medicina a filosofar, vai ver seja a vida o maior dos delírios. Quem sabe o delírio supremo venha na forma da morte: que em si pode levar ao nada absoluto ou a outra existência diferente ou semelhante à que vivenciamos.

O incidente na vida de Diana viria por causa de Armindo de Souza.

O homem casado e caçador de mulheres.

Embora o adjetivo caçador seja passível de questionamento, visto que esta pessoa, ainda que mantenha a pose de conquistadora, de poderosa, possa não passar de mero fantoche, a satisfazer mais aos que cruzam seu caminho que a si mesmo, ainda assim tem capacidade para causar sofrimento a uma pessoa que tenha valores menos sensuais como Diana.

CAPÍTULO QUATRO

Receio

Bela manhã de outono. Ideal para quem aprecia manhãs ensolaradas e frescas. Última sexta-feira do mês de abril de 1999. Que o leitor não se aborreça em visitar a faculdade de Medicina.

A cidade é Ribeirão Preto, situada no interior paulista. O nome soa familiar para quem assistiu a novela "O Rei do Gado". Ribeirão Preto é a oitava maior cidade do Estado de São Paulo.

A faculdade pertence à Universidade Estadual Paulista Carvalho Pinto, a UEP. A fim de evitar confusão, é bom avisar que Ribeirão Preto se destaca por possuir não somente uma, mas duas faculdades de Medicina. A USP igualmente oferece o curso.

Ribeirão Preto é terra natal de Maurício Martinelli, pintor que a cada ano vem ganhando projeção no cenário internacional. Ela, a cidade, não tem o que reclamar. Numa exposição em Milão, realizada em outubro de 1998, três de suas telas escancaravam na fachada o oculto, o grotesco e o deslumbrante que Ribeirão exibe aos olhos do povo.

Para a prefeitura e os novos ricos, que raro captam a sutileza da crítica da arte, foi uma festa, motivo de orgulho.

Ufanismo à parte, meses depois a cidade passou a receber artistas de todos os cantos. Queriam conferir a magia e o bizarro que formaram a consciência artística do jovem pintor talentoso.

Com essa ficha, ninguém melhor que Maurício Martinelli para comentar a cidade.

"Ribeirão é muito interessante. Curto muito. Boiadeiro, fazendeiro, empresário, professores, doutores, artistas, malandros, todos têm lugar ao sol. Para mim, a galera da faculdade, após receber hospitalidade diferenciada, ergue as mãos para o céu e aproveita as regalias que a condição de estudante universitário permite. Entre os mais entusiasmados, há quem afirme que não existe lugar onde o universitário tenha tanto prestígio. Contudo, rodei Campinas, Bauru, Marília e a capital. Fiz a comparação. Acho que a hospitalidade é coisa mesmo do interior. O interior paulista é o melhor lugar para se estudar. Mas para se dar bem na carreira deve-se manter pé fincado lá na capital."

A cidade já nos sorriu.

Agora é prosseguir o caminho para a faculdade de Medicina.

Fique despreocupado. Ao entrar na sala de anatomia, será poupado do fétido ar. É a vantagem da viagem pelas letras. Formol, o hálito dos cadáveres, os aspectos esquartejados e dissecados, e a umidade reinante na sala de laboratório não o incomodarão.

Menos de quarenta alunos, três auxiliares e o professor compõem o contingente dos vivos.

Nas enormes prateleiras, há recipientes de vários tamanhos nos quais se encontram depositados restos cadavéricos de animais diversos. A sala serve aos cursos de Medicina, Veterinária e Ciências Biológicas, além do de Medicina, razão para haver outros destroços que não unicamente humanos.

Estando os alunos no terceiro ano, situação que os coloca na qualidade de veteranos, os deslumbramentos naturais de calouros e leigos cedem espaço a uma análise mais objetiva.

Hoje é difícil apontar, entre eles, alguém perplexo face ao cadáver. Nem as raras, mas preciosas, palavras do professor causam admiração. Pudera. Os alunos, teoricamente, já as digeriram.

Não que os veteranos sejam indiferentes, que nenhuma motivação os nutra durante as aulas. Têm sim. Mas é motivação silenciosa, maquinal, que nunca os abandona, pois raramente os que chegam à condição de terceiranista largam o curso. Nessa altura, têm noção do lugar onde estão. O deslumbramento está internalizado, comedido. A taxa de maior desistência está entre os calouros.

A explicação é razoável para o comportamento da maioria, exceto para Diana. Aparentemente compenetrada, conservava os penetrantes olhos negros fixados ora nos gestos ora no rosto da professora, que, volta e meia, solicita aos alunos prestarem atenção na identificação de figura no valoroso livro que tem à mão.

Sem ânimo, a menina executa o que a prof². Dr². Matilde Sampaio ordena.

Pena que a atenção deve se dirigir à pessoa de Diana que se mostra sem brilho, no meio de tantas simpatias animadoras. Que fazer? É a protagonista.

O que resta de consolo é saber que Diana, no seu normal, é prazerosa, divertida e otimista.

Algo de muito sério a preocupa.

O negócio é realçar os traços físicos, que primam por encanto genuíno.

Cabelos Chanel, escuros, lisos, casando bem com o rosto um tanto oval. Com 1,62 m de estatura. Pele bronzeada. Bronzeado próprio do interior de São Paulo, dos que visitam piscinas nos fins de semana ou vão ao litoral esporadicamente. Testa pequena, rosto de quem não sofre nem com os excessos de chuva ou sol, nem com montanhas de incômodas espinhas.

Comparada àquela quando entrou na faculdade, a fisionomia começa a adquirir envergadura de sedentários, dos que passam muito tempo sentados e não têm cardápio de exercícios como atleta ou adepto de bom condicionamento físico.

Não se trata de negligenciar as dietas, comuns a boa parte das mulheres zelosas, ou evitar visitas à academia de ginástica.

Diana, inclusive, pedala durante uma hora todos os dias em sua bicicleta ergométrica que faz parte do mobiliário do quarto.

Porém, como o hábito faz o monge, o corpo e a mente acabam se moldando à carreira profissional escolhida.

Mantém traços atrativos. A curvatura inclinada para frente que o corpo descreve quando caminha. A sua magreza esbelta. Consegue encantar corações masculinos de todas as idades sem esforço.

Sentada na fileira da direita, enfiada no uniforme branco, completando o vestuário com o guarda-pó que usa nas aulas de anatomia.

Apesar dos olhos grudados na professora, o pensamento está a quilômetros de distância. Se a atenção da aluna não está nos brilhantes conteúdos acadêmicos apresentados, bom investigar qual o seu paradeiro.

O que ocupa sua mente? A resposta é esquisita. A aula de ontem à tarde, a de Fisiologia, é que causa nostalgia.

Para deixar de suspense, é bom esclarecer que nem de longe era o conteúdo fisiológico que fazia o coração bater mais forte, ainda que pareça paradoxal. Apenas a presença do mestre. Vai mais além do que admiração. Supera a condição de amor platônico.

Ontem havia sido o ápice da paquera. O dia em que o professor enxergou a oportunidade de desfechar o golpe previsto pelas toneladas de conversa fiada que o conquistador regou por semanas.

Era o convite para saírem sozinhos.

Ela aceitou.

Foram ao shopping.

Da parte dela, sabia que tinha habilidades suficientes para atrair um homem. Experimentou a companhia de três ou quatro namorados. As paqueras eram a perder de vista. Uma típica jovem da era *ficante*. Em hipótese alguma Diana Fiorini é vulgar, só fruto da época do descartável. Aliás, é até considerada tímida para sua geração. Não era mais virgem há um ano e meio.

Apesar do currículo vital amoroso, ficou impressionada, um pouco sem graça. Hesitou em atender ao pedido. Pensou em recuar.

Que empecilho poderia haver se os atributos físicos do professor caíam como luva no agrado da aluna? Admirava os olhos verdes, a barba espessa, o corte de cabelo atraente, embora fora de moda. Venerava e mesmo incentivava os discursos, as filosofadas do mestre durante as aulas.

Quem, dentre os aplicados alunos, mais perguntava ou comentava sobre o conteúdo? Ela. E nem aí para quem torcia o nariz sacando a paquera aluna-professor. Diana gostava de se inteirar. Um tanto pela disciplina, que seria importante para sua futura especialização. Mas muito por causa do professor.

Se há dois meses alguém dissesse que as aulas de fisiologia arrancariam tanto interesse de sua parte, ela desacreditaria.

O mestre, em sua opinião, era simplesmente dez.

Tarefa supercomplicada apontar nele algo que a desagradasse. Nada que estivesse evidente. Todas as atitudes eram objeto de carinhoso registro. Sentar-se, manter-se em pé, ficar de costas para a turma, escrevinhar na lousa, encarar os alunos. Até gesticular como louco, na tentativa de melhor fixar a matéria em suas cabeças, arrancava boa impressão. E o tom de voz? Demais, demais, demais.

Diante das condições atrativas, o receio ainda teimava. Razões objetivas não faltavam para que Diana temesse se entregar.

A mais grave: o sujeito era casado.

Ele jamais escondeu o estado civil. A grossa aliança dourada e imponente no dedo não deixava dúvida. Tocava no nome da esposa, inclusive, com insistência mais do que recomendada para um garanhão. Pintava-a em tons suaves. Diana podia jurar que foram onze vezes.

Admitindo que Diana tenha escrúpulos, que nunca se viu envolvida na condição de amante, de ladra de marido, mas que se incomodasse contra a forte atração, é certo que esteja com desespero interior.

E está.

Há mais de um mês, sofre para valer em meio ao fogo cerrado entre a consciência e o coração.

A consciência abomina a relação. Tanto homem solteiro dando sopa por aí e me apeguei justamente a um casado, e mulherengo, critica-se.

Se quisesse, nem precisava ir tão longe. O campus da UEP é um formigueiro. Até pouco tempo, namorava firme com um estudante de Veterinária. Mesmo que o sujeito saiu fora, não faltaria novo pretendente. Mas não, teve que encanar com o mestre casado.

Percebeu que algo mais sério movia sua admiração. Tentou desistir da ideia. Criar para si justificativas para se esquivar. Não queria encrenca.

O coração acatou as ordens da consciência? Nada. Até a criticou: "Quem é essa mocreia para me dar ordem?"

Para provocar a rival, perturbando a cabecinha de Diana, o coração aprontava das suas. Volta e meia desvendava mais um belo atributo, qualidade ainda não prestigiada. Tadinha da garota. Prostrava-se. Desarmada, entregou-se de corpo e alma à contemplação silenciosa.

O professor, que não é bobo, percebeu o lance. Antes de ela desconfiar, o mestre havia percebido a situação. "Mais uma presa", gritou-lhe o instinto.

Se fosse uma pessoa séria, professor consciente de seu papel, desconversaria, gelando os desejos da jovem para o próprio bem dela.

Pena que o sujeito costuma ensinar a suas alunas algo mais que a disciplina acadêmica. Deseja ser mestre no amor. Nada de paixão. Quer o prazer de desfrutar o corpo, o corpo juvenil, nem sempre virgem e inocente, mas que agrade aos olhos e ao seu paladar masculino.

Armindo de Souza é o nome do mestre. Casado e pai de três filhos. Jamais hesita em levar mais uma universitária para cama. Armindo é o autêntico abutre, carregando jovens para o covil da desilusão.

Uma situação, por mais batida que possa parecer aos olhos da maioria, é única para a pessoa que a experimenta pela primeira vez. Muitos aprendem somente com o sofrimento da queda, em vez de seguir os conselhos que alertam para o buraco no meio do caminho.

Torna-se, neste caso, difícil evitar devaneios, cabeçadas.

Ela deveria viver aquela experiência. De nada adiantariam os gritos da consciência para que abandonasse a teimosa ideia. Não podia evitar o terrível choque. Algo a arrastava para junto dele, queria-o com ardor.

Inteligente e aplicada em tudo o que fazia e que exigia raciocínio rápido, sabia que estava indo para um abismo. Ainda assim levava fé, mesmo que inconsciente, que o futuro amante poderia gostar dela o suficiente, a ponto de abandonar a esposa para viverem juntos.

Que tolice! Sabia que era tolice. Porém, queria acreditar em algo racional. Tinha que acreditar. Não sendo leviana, nem sendo esta a sua primeira experiência do gênero, precisava orientar a cabeça para não pirar. Do contrário, desistiria no meio do caminho daquele caso que a consciência classificava como inconveniente.

Ignorando a prudência que apontava os contras da futura relação, aceitou o convite do mestre na quarta-feira passada para irem ao Shopping. Também pudera, o convite veio tão inesperado. Mal deu tempo de raciocinar.

Estavam no refeitório da faculdade na hora do almoço. O tumulto infernal e rotineiro no restaurante universitário. Uma hora da tarde, tinha que entrar na aula de Farmacologia.

Ele chegou como quem não quer nada.

Sentou-se à mesa que ela, três colegas e mais dois rapazes ocupavam.

Por coincidência, os cinco, que estavam antes de Diana sentar-se para comer, resolveram sair. Haviam terminado a refeição e tinham consciência de que o local tinha muita gente na fila de espera.

O restaurante estava superlotado.

Minutos mais tarde, o professor arremessou:

_ Você gosta de passear no shopping?

_ Gosto... – falou meio sem jeito.

_ É que preciso comprar algumas coisas. Como você é de Ribeirão, pensei se aceitaria ir comigo... Quem sabe indicar algumas lojas.

_ Tudo bem... Dependendo do dia. É que é tão corrido durante a semana. E ultimamente tenho tirado o fim de semana para passar a limpo as matérias que sinto dificuldade.

_ Amanhã, à noite? Sua turma não terá aula à tarde e na parte da manhã é um crédito só. Aceita?

_ Sim.

A resposta saiu por acidente, foi de supetão. Quando se deu conta, tinha aceitado o convite e não ficaria legal voltar atrás. Afinal, que mal haveria em um aluno acompanhar o professor nas compras? Nenhum.

Foram.

Diana sentia esquisito ir a um shopping no meio da semana. Se ainda estivesse num feriado. Parecia deserto. Faltava gente, clientes, flanador, como diz a tia arquiteta. Nas lojas, lanchonetes, cinemas, eventuais parquinhos para as crianças, nas sorveterias, nos toaletes, todos bem preparados, raras são as almas consumindo.

As lojistas, os gerentes proseando com fornecedores.

O patrão ausente.

O vendedor de pé. Uns plantados no meio da loja vazia. Outros irrequietos, mexendo as pernas para não dar cãibras. Com ou sem o que fazer, deve cumprir o horário. Sorte que a maioria é da juventude tagarela e divertida. Para eles, o tempo voa. São moças bem pintadas, arrumadas ou rapazes bem animados. Todos muito perfumados e sorridentes. Se bem que o sorriso fica mais realçado diante da presença do cliente.

Mas faltava no local o tempero do corre-corre frenético dos clientes. Compradores impulsivos ou moderados. Caçadores de oferta. E aqueles que gastam horas namorando os produtos da loja e que acabam consumindo apenas a paciência do vendedor.

Por que ela está reclamando do vazio? Devia agradecer. Ao menos, evita esbarrar-se com alguém da antiga galera. Balançou a cabeça, afastando o pensamento. Sabia que boa parte havia saído de Ribeirão Preto para estudar nalguma faculdade por perto ou até fora do país.

Lembra-se do dilema que pairou no ar, quando do tempo de sua escolha.

Pensou em sair de Ribeirão Preto. Temia que não conseguisse entrar nos bons cursos que sua cidade oferece. USP e UEP metem medo em qualquer candidato, por mais que se julgue preparado. Alegrou quando conseguiu a vaga. Ufa! Não precisava migrar para canto desconhecido.

Foi uma exceção entre as amigas. Teve gente que, mesmo passando na USP, preferia estudar Medicina na UNESP em Botucatu, só pelo prazer de escapulir de casa, aventurar-se.

Constatou que o professor estava falando a verdade. O sujeito entrou numas lojas. Na Saraiva, desembolsou uns R$ 300,00. Livro de Medicina custa o olho da cara. Na Power Hit, carregou o CD de Chopin.

_ Gosta do Chopin? – Diana perguntou.

_ Sim, por quê? Você curte?

_ Eu, mais ou menos. Meu pai o adora.

_ Ótimo. Já temos mais alguma coisa em comum.

Ela não entendeu o que a frase dele queria dizer. Nem deu tempo para refletir. Dali a minutos estavam na lanchonete discreta e aconchegante. Saboreavam uns deliciosos nuggets de frangos, a pedido dele, claro.

Diana apreciava o que podia à sua frente, à medida que comia. Quem a visse jamais diria que há menos de seis anos vinha com regularidade ao Shopping. Tudo levava a crer que estava sonhando.

E estava.

Acordou quando levou um ardente beijo, dentro do carro, ainda no estacionamento.

_ Mas você é casado... Isso não está direito, não acha? – a voz de Diana vinha entrecortada pela irritante hesitação, comum em quem sabe que está cometendo erro.

Ele nem disse que sim nem que não. Calou-se.

Não era bem arrependimento. Estava sem jeito. Ouvira esta frase um par de vezes, nas mais diversas circunstâncias. Toda vez soava original. Seu espanto não era hipocrisia. É que parecia que ele só se dava conta da falta grave quando a frase era ouvida.

O som entrava rasgando o tímpano.

Passados os instantes nos quais se perdia no devaneio, uma força o fazia voltar a visualizar o corpo ao seu lado. O olhar despertava o formigamento interior que o levava a pôr de lado qualquer sentimento de culpa.

E aí?

As frases, os gestos, as mímicas. A face constrita. O sorriso meio amarelado. Claro, sem deixar de lado as abundantes mentiras. A personificação do conquistador vinha à tona.

Checava o tipo de máscara, de expressões faciais, de papel, de papo que deveria usar diante da presa que estivesse à sua frente. Toda mulher tem em mente um tipo de homem ideal, e Armindo se esforçava para contemplá-las nesse particular.

Muito do homem ideal, pensa ele, costuma vir implícito no nível intelectual da própria mulher. Bastava ao médico observar sua presa para ver que atitude tomar. Para umas, o tipo despojado, o irônico, era suficiente. Para outras, chegava ao extremo de se passar por homem gentil, sofisticado, cavalheiro.

Não pense a leitora que o doutor nasceu versado no assunto. Tudo que sabe a respeito da mulher, captou do contato com as próprias. Não, tampouco elas lhe deram aulas teóricas. Aprendeu sobre o universo feminino vendo-o sonhar, chorar, amar, odiar, desejar.

Óbvio que sua sensibilidade ajudava.

Encaixou-se numa máscara que julgou apropriada para encarar Diana. E procurou responder à pergunta:

"Sou casado... sim, sou casado", começa confirmando. "Você deve saber que eu tenho três filhos", e como Diana respondeu negativamente, "pois tenho. E é só por eles...", deu aquela pausa, em seguida: "Você é jovem... e ainda despreocupada com a vida. Não sabe o quanto é difícil viver ao lado duma pessoa apenas pelos filhos. Não que ela seja má pessoa, pois não é. Parece um anjo. O problema é comigo, só pode ser. Eu não me satisfaço com a presença dela".

Num certo momento, mudava de assunto. Era hora de descrever o que ele achou de original na pessoa que tem diante de si. O terreno da conquista propriamente.

O que me deixa confuso é que as palavras eram simplórias. Cheiravam a mesmice. Mesmo assim conseguiam envolver a pessoa. Como acontecia às demais, Diana se viu atolada na atração movediça. O doutor sabia manejar a situação, adocicando-a, tornando-a irresistível.

As mulheres têm suas armas para atrair os homens, destaque para a atração física. Cabe ao macho a força ou a lábia. Na nossa democrática sociedade, a lábia é hipervalorizada, uma vez que a força física teve seu apogeu na época dos primatas e dos bárbaros.

Armindo está em sintonia com o seu tempo quando o assunto é usar a lábia, porém, afronta a sociedade quando exagera no uso, pois a monogamia é exigida aos casados. O médico comete odioso expediente ao cutucar a libido das mulheres. Sendo homem casado e pai de família, devia portar-se diferente.

O professor jamais as enganava. Não escondia o casamento, os filhos, e que dormia todas as noites na cama com a esposa. Pior. Não pretendia se separar.

Diana insistiu. Queria porque queria ir para casa.

_ Me desculpa. Não queria abusar. É que... é que estou gostando de você. Talvez nunca me perdoe por isso, mas...

_ Esquece – Diana falou meio trêmula.

Estava tensa, nervosa. No íntimo, gostou da iniciativa, do beijo. Mas havia o lado prático: o cara era casado e tinha uns vinte anos a mais.

_ Preciso ir embora. Por aqui deve ter algum ponto de ônibus? – mirando pela janela do carro, aparentou interesse em achar um.

_ Nem pensar. Faço questão de te levar.

_ Não precisa se incomodar.

_ Não é incômodo.

Diana permanecia num impasse. Queria sair dali, mas evitava magoá-lo. Queria ficar sozinha. Refrescar a cuca. Avaliar o que estava acontecendo. Era tudo o que necessitava no momento.

_ Eu te amo. Quer ser... minha? Quer me dar o prazer de estar novamente com você?

_ Preciso ir embora agora.

_ Não está zangada?

_ Claro que não. Por que deveria?

_ Talvez meu beijo a tenha irritado. Me desculpe.

_ Mais uma vez, esquece – falou num tom mais elevado.

O professor virou a chave na ignição. O veículo, lento, deslizava para fora do estacionamento.

Minutos depois, estavam chegando a uma praça, no bairro onde Diana residia com a família. A estudante disse seu endereço, após o mestre perguntar qual era a sua casa.

"Esquece isso", gritou a sua consciência de volta à aula no laboratório de Anatomia. Tinha que espantar as lembranças de ontem. Mas não conseguia. Impossível se concentrar na aula.

A professora deu um intervalo de dez minutos para a turma.

Voltando à sala, Diana executaria as tarefas, como estudante responsável e dedicada que era.

Na hora do almoço, desistiu de ir para casa. Almoçaria na faculdade. Pouco importa que para a aula à tarde faltem duas horas. Sendo dez minutos para uma hora, aula só às 3h, indo até às 6h. Era um único crédito.

Pouco depois de encerrar a refeição, lembrou-se da prima. Escovaria os dentes e em seguida telefonaria.

Num dos dois telefones públicos dà cantina, ela completava a ligação para Rafaela Fiorini.

_ Você quase não me acha em casa. Estou de saída.

_ Ahn...

_ Vou dar palestra numa escola. É na segunda aula... Começa às 14 horas. Mas o que te levou a me ligar? Aliás, faz um tempão que a gente não se fala.

_ O terceiro ano é muito puxado. A gente quase não tem tempo de respirar... E das vezes que ligo, cai na secretária.

_ Também está corrido pro meu lado. De manhã, cuido do bebê. À tarde e à noite, estou na clínica, realizando palestra ou fazendo atendimento em escola.

_ Tem sorte... Não vejo a hora de estar nesse ritmo. Até a residência será muito melhor do que ficar enfiada na faculdade, vendo teoria.

_ Calma que a prática vai chegar. Aí, como sempre, verá como uma teoria bem digerida fará a diferença – Rafaela procurou animar a amiga.

_ Precisava tanto falar contigo.

_ Aconteceu alguma coisa?

_ Mais ou menos... Precisava de um papo.

_ Faz isto... Hoje é sexta-feira. Meu marido está na hidrelétrica de Itaipu. Podemos jantar juntas. Uma pizza.

_ Pra mim está ótimo.

_ Combinado. Ligo por volta das sete, confirmando local e hora. Nem precisa se preocupar, eu passo para te apanhar.

_ Te espero.

Diana assistia ao último dia de aula da semana, com o estampado desânimo. Junto dos colegas, pouco compartilhava da euforia que muitos sentem toda sexta-feira.

É dia de viajar, para a maioria. Rever os parentes e amigos na cidade de origem. Pela condição de ser natural de Ribeirão, Diana estava distante da agitação, da empolgação dos que se consideram longe do ninho.

Caminhou para o ponto de ônibus. Droga! Além de tudo, ficar sem carro. Motorista que se preza, habituado ao uso diário do veículo, descontenta-se em seguir de um canto para outro de ônibus.

Há cinco dias que o carro tinha apresentado problemas no motor, e ido parar no mecânico. O sujeito disse que em três dias estaria pronto. Cinco dias, e nada de carro pronto.

Em casa, tomou banho. Comeu sanduíche de pão de forma com patê.

Não queria jantar. Guardaria o apetite para a pizza que a prima Fiorini havia prometido.

Se bem que estivesse longe das dezenove horas, aguardava o telefonema com impaciência. Para diminuir a ansiedade, pensou em adiantar algum trabalho acadêmico. Procurou ler uma apostila.

Caiu no sofá. O corpo molhado envolto num robe. O roupão camuflava as peças íntimas.

Estava solitária.

O pai, Sr. Vicente Vergueiro, na faculdade. Provavelmente fazendo horas extras. Não que o Estado exigisse tanta dedicação ou sequer fosse pagar qualquer coisa a mais. A dedicação à profissão de contador é que o motivava. Um dos mais dedicados funcionários públicos. Não é ela, a filha, quem o diz. Os colegas de repartição são que confirmam essa qualidade (ou defeito, na opinião de outros.)

A mãe, Sra. Thereza Fiorini, na direção da escola de ensino fundamental e médio. Ocupa o cargo de diretora. Posição que almejou durante anos. Há razão para, após um mês da nomeação, continuar estendendo o quanto pode o tempo de permanência no recinto escolar. Quer saborear a conquista.

Ora, por que se preocupava com os pais? Curtia e tinha muito orgulho pelo modo como cada um se realizara na profissão. Havia nela admiração por ter nascido no seio de família batalhadora.

Amava-os.

O problema era consigo. O professor, o passeio, o Shopping. A grossa aliança pesando na mão dele. E o beijo? O beijo era um caso sério, seriíssimo.

A mão que segura os papéis pende para o lado. A apostila caía no chão. O ânimo havia desaparecido. Sequer se concentrava nas letras. Os olhos fechados buscam o mestre. O receio ia vencendo o pasmo. Contaria ou não para a prima o que rolou?

Despertou do torpor, graças ao zunido do telefone.

_ Alô, Diana...

_ Oi...

_ Pronta?

_ Sim... Isto é, mais ou menos... Tomei banho. Só pôr umas roupas e ok.

_ Mais meia hora e estou aí.

_ Te espero.

Corre para o quarto.

No guarda-roupa, viu o vestidinho que faz as meninas passarem a noite toda o esticando, puxando-o para baixo, movidas por esquisito sentimento de vergonha. De nada adianta, porque o teimoso pano volta ao ponto de origem. Muitos homens e mulheres cansaram de sugerir que troquem o infeliz por outro menos justo, menos curto. A maioria nem dá ouvidos. Diana é uma das exceções. Percebendo que na balança entre prazer e desconforto, ganhava o segundo, abandonou a moda.

Havia roupa mais confortável, sem ser menos sensual.

Calça Pantalona de seda bege. Dois bolsos embutidos. Blusa. Sandálias pretas, com tiras enlaçando a altura do tornozelo. Era a armadura para a noite. Vestida, correu para o espaçoso banheiro. Deu uma escovada no cabelo, deixando solto.

Antes de abrir a porta e sair, escreveu bilhete. Bom filho costuma avisar aos pais onde está.

Fui a um restaurante com a Rafaela. Vamos saborear pizza, distrair a cabeça. Vou ligar por volta das dez. Se vocês quiserem uma, eu trago.
Um beijão de sua filha,
Di.

CAPÍTULO CINCO

Mesão

Para sexta-feira à noite que não é nem antecede qualquer data comemorativa, a agitação está perigosa. Aliás, algo típico das sextas-feiras rio-pretenses, mesmo as chuvosas. Carros e mais carros nas avenidas. Gente animada circulando, à procura de diversão. Gente batalhadora, contente com a expectativa de chegar ao lar doce lar, e descansar após o dia exaustivo.

A ideia de visitar a pizzaria ficou para a próxima. Rafaela sugere dar um pulo no Pinguim. Era só para ver o movimento. Mas o movimento as cativou. Decidiram montar acampamento.

Penaram para obter vaga para estacionar.

A impressão que se tinha era que havia mais carro do que gente. Circular nas imediações da Choperia era aquela dificuldade. A rapaziada e seus carros abertos, sons nas alturas, infestando a via pública. Os veículos transitavam a custo, lentos. Se quem namorava vaga para estacionar e curtir a noite estava de saco cheio, imagina como se sentia o infeliz que devia transitar ali por ser a única via de acesso à sua casa ou ao serviço.

Adentraram o Pinguim, e de repente vozes frustraram o desejo de privacidade de ambas.

Diana ouvia seu nome em alto e bom som. Galera da faculdade. Três meninas e quatro rapazes estavam em torno dum mesão.

Ela sorriu.

Rafaela, de sua parte, captou tons mais comedidos. Vinham de quatro pessoas. Gente do CRP, o Conselho Regional de Psicologia.

Além de dedicar-se à carreira, Rafaela encontra energia para colaborar com o órgão que representa sua categoria profissional. Desde março de 1997, passou a figurar como membro do conselho. Não a ponto de viajar em campanha, engrossando a comissão externa. Limita-se a reforçar a divulgação e execução de atividades que o CRP oferece aos associados de Ribeirão e adjacências.

Minutos depois, junto ao mesão composto de duas mesas, acrescentavam mais duas. Estudantes de Medicina e psicólogos. Graças ao prestígio tanto de Diana quanto de Rafaela, as duas panelinhas, com divergências históricas, bebiam e proseavam numa boa.

A diversidade não se limitava a estas duas categorias. Havia profissionais e universitários de várias áreas. De estudantes calouros a aposentados, todos tinham vez. Como dito, Ribeirão Preto, aos olhos de alguns, é uma preciosidade, paraíso para a fatia da população diplomada.

O Pinguim seria um dos locais de recreação que esta fatia conserva o hábito de frequentar.

O papo rolava empolgado.

Tanto que só uma hora depois a prima sacou o distanciamento de Fiorini. Rafaela animada, mas sensível, percebeu que Diana estava meio deslocada. Conhecendo bem a prima, desconfiou que o que quer que fosse que a preocupava devia ser muito complicado. Lembrou o telefonema à hora do almoço, da apreensão dissimulada que a voz da universitária emitia.

Convidou Rafaela para ir ao toalete.

Àquela altura, os amigos, de ambos os lados, haviam rompido o natural receio do primeiro encontro. Uns tagarelavam como fazem os teóricos de bar, outros tamborilavam com os dedos na mesa, movidos pelo som do grupo *Cidade Negra*, flor do reggae brasileiro de uns tempos para cá. Estava tão incrementado o papo que nem se deram conta da demora das primas.

Se no meio do salão a agitação era escancarada, no toalete feminino o movimento não era menos agitado. A começar pela entrada. Que dificuldade! Foi impossível transpor sem lançar mão de encontrões, esbarrões grosseiros.

Lá dentro, o apertucho. Os sanitários eram pouco visitados. Em contrapartida, o lugar diante do espelho está um enxame.

_ Ele teve a coragem de te beijar? – Rafaela perguntou, com ar mais de indignação que de espanto, ao término da narração feita pela prima.

_ Teve.

Tinha sido mais fácil narrar toda a história que responder àquela única pergunta. Por um momento, Diana se sentiu arrependida.

Pudera. Apesar de uns poucos anos de diferença, o estilo de Rafaela está bem distante do de Diana. Rafaela teve um único namorado, com quem se casou. Nunca traiu. Nem ele pisou na bola.

Seria demais pedir que ela suportasse um caso desses sem emitir opinião que condiga com seu estilo de vida ou sua experiência. Raro o ser humano compreender o que está longe de sua experiência pessoal. Preconceitos, nesse sentido, apesar de injustificáveis, são inevitáveis num primeiro momento.

Talvez se não se tratasse da prima, por quem nutre carinho especial, Rafaela daria pouca importância. Afinal foi o que aprendeu nas aulas teóricas de Psicoterapia: o terapeuta não deve cercear o cliente, permitindo que seus próprios preconceitos atrapalhem o processo. Seria profissional.

A prima mais parecia sua irmã. Desde criança, a amizade sincera e excepcional as uniu. Preocupavam-se uma com a outra. Rafaela tem seis anos a mais. Talvez por isso conservasse a atitude de comando sobre a vontade da prima, quando Diana resolvia partilhar assuntos em busca de orientação. Inúmeras vezes, Diana agia sob a influência de Rafaela. Às vezes contra a própria vontade.

Ambas encontram nesta amizade a autorrealização inexprimível. Na condição de filha única, Diana ganha uma irmã. A relação com a prima a ajudou a socializar prazeres, abrir mão de interesses mesquinhos.

Para Rafaela, sendo a caçula de três irmãs e um irmão, é a oportunidade de ser a mais velha. Ainda que não domine a situação, ao menos tem voz ativa. Oportunidade que nunca teve com seus irmãos.

Num impulso, Rafaela lança mão do papel de repressora. Fala da inconveniência. Onde se viu dar corda a esse tipo de pessoa? O único termo que encontra para o professor é o de aproveitador. E o usava sem hesitação, a torto e a direito. Em sua cabeça, embora dispusesse de coração humanista, nessa situação requeria agir com rigor para evitar que a prima se desse mal.

Diana relata que algo a atrai nele, que o desejava com a mais sincera afeição.

A prima não abriu a guarda. Muito pelo contrário, o tom era ríspido.

_ Não acredito no que estou ouvindo. Acaso você quer ser amante do cara? Não. Tudo menos isso.

E Rafaela fazia todos os jeitos de pessoa inconformada, decepcionada.

Encurralada pela vontade do coração e a terrível censura da prima, Diana não suportou. Chorou.

A prima se sensibilizou. Estava no direito de adverti-la, dar puxão de orelha. Homem casado, e mais velho, tornava o caso complicado. Mas magoar a amiga, isto não.

Nessa convicção, de repreender sem ofender, procurou mudar o tom da conversa. Apelou para conteúdo menos taxativo.

_ Foi mal. Não quis ser insensível...

Enquanto se desculpa, acaricia os cabelos da estudante.

_ Eu sei...

_ Você ainda quer minha ajuda?

_ Claro... – disse entre suaves soluços, provocados pela comoção interior que a atrapalhava.

_ Não significa que tenha que concordar com tudo que eu disser. Apenas gostaria que prestasse muita atenção. Tente extrair o que julgar verdadeiro. Não quero que fique assim arrasada.

_ Impressão sua, não estou arrasada. Só um pouco perdida quanto ao caminho que devo tomar. Gosto dele, mas não quero atrapalhar seu casamento.

_ Atrapalhar seu casamento? Me desculpa, mas você está muito enganada. Acha que conseguiria atrapalhar a vida familiar dele? Acredita que você seja a primeira que ele ataca?

_ Por que me diz isto? Você o conhece? Está julgando precipitadamente.

_ E quem disse que não o conheço?

Diana ficou perplexa.

_ Como assim? – quis saber detalhes.

_ Armindo de Souza e sua fama de conquistador. Antes de alunos e professoras de Ribeirão, colegas minhas de Botucatu, Campinas e Marília narraram as proezas do dom Juan.

A universitária permanecia calada. Queria intervir, cessar os comentários da prima, mas uma força a paralisara.

_ Saiba que esses detalhes nunca me interessariam, caso você não estivesse no papel de vítima. Odeio fofoca. Se você não fosse minha prima, mais que isso, se não fosse minha amiga, não me sentiria na obrigação de abrir os teus olhos para evitar possíveis encrencas. Sei que pode se ferir.

_ Entendo.

As palmas das mãos tapavam o rosto. As lágrimas abundavam. Estava disposta a ouvir os relatos. Nem ao menos podia dizer que eram invencionices. O mestre tantas vezes deu provas de não prestar. Suspeitara, em poucas semanas de contato, como mulher atenta, que o sujeito tinha tara. O professor modificava o tom de voz ou a expressão facial diante de qualquer rabo de saia que caísse no seu conceito de agradável. Ela tinha ouvido a Valéria, colega do segundo ano, afirmar que duas conhecidas tinham dormido com Armindo de Souza.

Rafaela achou melhor dar um tempo. Assistiria à prima, porém de maneira mais sutil. Nada de insistir que ela, Diana, era quem estava cometendo pecado. Não havia culpa em ter sido encantada por um aproveitador.

Determinou que a tarefa seria fazer com que a prima percebesse que sentir emoção verdadeira não tinha nada de mau. Mas a estudante deveria evitar ceder aos caprichos de pessoa sem caráter, como Armindo. Devia alertá-la que seria uma presa. Ele a usaria, e depois jogaria fora. Foi o destino de tantas. Com ela não seria diferente.

Que sofresse no início! Mais tarde, veria o quanto valeu a atitude para se libertar da situação. Havia vários rapazes na faculdade. Alunos e professores solteiros que dariam tudo para ter chance ao seu lado. Diana tinha que se valorizar. Deveria dar valor a uma pessoa que a levasse a sério. Não para saciar a vaidade ou prazer vulgar.

Saíram do toalete.

A animação persistia em boa parte dos rostos. A peteca raramente cai, quando o grupo adere, com convicção, ao alucinado exercício de embriagar-se, de divertir-se.

Durante a meia hora que as duas passaram no toalete, o grupo devorou litros e litros de cerveja. Comeram pizza e porções com igual voracidade.

Não sem razão, Diana e Rafaela notaram que os ânimos beiravam o limite máximo do bom senso. Estavam pra lá de Bagdá. Não há cruz mais pesada do que o sóbrio ter que suportar a presença do bêbado (e vice-versa).

Não houve qualquer espanto ou cara feia, quando as duas, quinze minutos depois, resolveram ir para casa. Despediram-se do grupo.

Com exceção de mais dois ou três desertores, a turma turbinada por ali permaneceu até duas da manhã.

CAPÍTULO SEIS

Convite

Diz o ditado que falar é fácil, difícil é pôr em prática. Domingo à noite, o professor ligou para a casa dela. Diana havia levado um susto. Não se lembrava de ter passado o número do telefone.

_ E não me passou – respondeu ele à pergunta que ela não conseguiu deixar de fazer.

_ Hm.

_ Procurei seu sobrenome na lista telefônica. Passei por umas respostas negativas até acertar.

Ela meio sem jeito. Ele ficou sem saber o que dizer. Em seguida, houve reação inesperada. Pediu para esquecer o beijo e tudo o mais. Diana supunha que esse era o único motivo que fez o mestre ligar. Ele evitava comentar o caso.

Esquisito. Vencidos alguns minutos, Fiorini estaria tão envolvida num bate-papo. A conversa mais parecia entre velhos amigos. Desencanada, aparentemente desinteressada.

Impossível descrever que raio de conversa foi essa. O que interessa de fato é o fim. A conversa amaciou o espírito esquivo, temeroso de Diana. Serviu para preparar o terreno. O professor poderia atingir seus objetivos.

Como exemplo de mulher que se vê cativada, Diana tolerava. Não que perdesse de vista os conselhos da prima. Mas o papo agradável, ah, sabe como é.

É o jogo da conquista amorosa. O macho gastando o verbo por estar a fim da fêmea. As palavras são como doces encomendados, como perfumadas rosas brancas da Floricultura.

Se fosse homem livre e desimpedido, e que quisesse se unir, namorar, o recurso das palavras doces seria bem recomendado. Pena que o camaleão conquistador deita e rola no uso do recurso. Quantas esperanças iludidas? Indagaria Rafaela Fiorini.

Embora o jogo da conquista do macho só tenha êxito com a autorização da fêmea, e que a mulher possa até fazer uma má escolha entre as várias lábias que chegam a seus ouvidos num primeiro momento, mais tarde, levará em conta a atitude do sujeito para investir de modo duradouro na relação.

Presume-se que, para as mulheres conscientes, o engano pode acontecer uma vez, mas não duas. Têm a opção de largar o malandro. Em troca, dar as mãos a alguém que valha a pena.

Por mais que pareça extravagante, o que acontece é o seguinte: na cabeça do doutor Armindo, uma conquista amorosa produz o prazer que a caça ou pesca por esporte.

Diana viajava nas frases bem construídas do doutor. Empolgava-se, apesar de procurar esconder o sentimento diante do mestre. Iludia-se face às frases que aparentavam originalidade, mas que eram tão batidas no corre-corre da conquista.

Se quando jovem Diana ria dos exemplos do velho romantismo, considerando brega, agora que se vê alvo das românticas palavras, as aplaude intimamente, sentindo-se lisonjeada.

O romantismo não é prejudicial. Ao contrário, é rico nutriente. Ruim é quando o sujeito sem escrúpulo aproveita a necessidade de afeto da outra pessoa para manipulá-la.

_ Ribeirão Preto não é nenhum polo norte. Dá para esquentar bem os miolos. O difícil é achar boa sorveteria.

_ Sorveteria?

_ Sim. Onde sirvam deliciosos sorvetes...

_ Mas claro que tem. E não só uma.

_ Pena que até agora não encontrei, pelo menos que valesse a pena.

_ Você foi a qual? – Diana perguntou meio desconfiada. Como o professor universitário, com tantas amizades na cidade, não conhecia uma decente sorveteria?

_ Fui àquela da Rua Moçambique.

_ Também pudera. Ali nem eu acharia graça. Você tem que ir à Sorveteria Gelados, na Nove de Julho.

_ Gosta de sorvete?

_ Claro.

_ Que tal saborearmos juntos? Quem sabe na terça-feira que vem.

De súbito, Diana despertou para a situação.

Gentilmente, procurou recusar o convite. Os golpes insistentes do mestre eram terríveis. Houve verdadeira batalha verbal.

No fim, a obstinação do mestre venceu a cambaleante recusa da aluna.

A vitória não foi completa. Faltou o acordo quanto à data. Na prática, apenas o consentimento de talvez um dia.

A quartanista pensou que desse jeito despachava o doutor. Na próxima vez que viesse com aquele papo, ela se manteria firme. Não daria chance. Nem que preciso fosse adiar o encontro.

O coração boicotou mais uma vez a consciência. Diana não levaria a diante o plano de recusa por muito tempo. Para ser exato, a teimosa amoleceria dali a três dias.

Na saída da faculdade, Armindo de Souza, com escancarada perseguição, aguardava no estacionamento. Gastou meia hora à espera da estudante. Local estratégico. Diana deveria passar por ali, estivesse de carro ou fosse pegar ônibus.

Logo que a viu, acenou.

Por educação, a estudante esperou que Armindo se aproximasse.

A conversa iniciou trivial. Pouco depois, ela, um pouco por querer fugir dos olhares inquisidores e outro tanto por razões acadêmicas práticas, indagou sobre o critério que o mestre adotaria para a avaliação do trabalho que deveria ser feito em grupo.

A carona veio como consequência.

Dentro do automóvel em movimento, Armindo largou o trivial, o arroz e feijão, e foi à mistura, como dizem os paulistas.

_ Ruim é saber que a minha presença te incomoda tanto – disse o doutor à queima-roupa.

A menina ficou meio espantada. Assunto que muda de repente, costuma baquear.

_ Imagina – quis dissuadi-lo da ideia ofensiva.

_ Ora, se o convite para tomar sorvete gera mais de meia hora de negativa ao telefone, que posso eu mais supor?

Diana se mantém muda.

_ Te entendo. Vai ver avancei o sinal. Quem sabe dei a impressão que não prestava. É sempre assim... No fundo, pessoas como eu, de alma espontânea, liberal, são tratadas como sendo mau caráter. O maldito estigma de lobo. O mundo é dominado por hipócritas, fanáticos moralistas. O que eles esquecem é que ninguém força quem quer que seja a fazer o que não interessa.

O papo tortuoso que o professor despejava é movido pela desconfiança. O sexto sentido do conquistador o alertava. Talvez a quartanista soubesse de suas aventuras, de sua vida pregressa, pouco valorizada por pessoa séria e que quer ter um único parceiro, como Diana.

_ Não entendi... – a estudante procura se sintonizar.

_ Vou te contar uma coisa que me aflige demais, mas que não posso me calar. É sobre a fama que me imputam. Sou considerado tarado, malvado, inescrupuloso.

O sabido desfiou o terço. Quis pôr tudo em pratos limpos, para se apresentar ao coração da pupila, se não puro, pelo menos sincero, ainda que para isso assumisse a fama de vilão.

Diana, estática. Ouvia o competente professor de Fisiologia reclamando da injustiça que o perseguia. O blábláblá daria inveja a muitos atores profissionais.

Outra pessoa que inteligente, que estivesse diante da confissão de culpa, já teria cortado o assunto do sujeito, tirando qualquer resquício de esperança de envolvimento.

Mas Diana, às voltas com a paixão, deixava a inteligência paralisada. E cedeu ao papo.

Aceitou o convite para a sorveteria.

Duas semanas mais e ocupava a posição de amante. Bem, amante sem ir para cama. Embora com vivência amorosa, recusou ir para cama com o mestre. Queria um tempo. Deixar a coisa rolar. Amadurecer o relacionamento.

Coração satisfeito, agora era tolerar o ataque da consciência, recriminando-a por ceder. Acusando-a de ladra de marido. Chamando-a de vagabunda. Agindo semelhante a toda consciência de pessoa de sensibilidade apurada, como se espera de uma budista.

Havia lançado mão de metas Daimoku para se livrar da tentação, para fugir do professor, antes do encontro que daria início ao namoro. E o número de Daimokus não foi menor nos dias durante o tempo que zanzou na condição de amante.

Era uma barra para ela se sentir em falta com o Budismo.

Para encerrar o capítulo e deixar a doce recordação do começo do relacionamento, que renderá muitos comentários, nada melhor que recordar o primeiro dia de namoro.

Para não variar o clima romântico, era noite, por volta das nove horas.

Diana enfeitava-se dentro do vestido longo, azul-marinho. Os cabelos bem escovados, lisos e sedosos, como de costume, exceto nas ocasiões em que os embrulhava na toalha de banho, debaixo do lençol, esvoaçados por alguma ventania.

Lábios com excesso de batom. Bonitos de longe, mas de perto produzindo sabor enjoativo no professor. Diana nunca curtiu usar batom para impressionar. Na primeira vez que tentou, o resultado foi frustrante.

O Tempra que dirigia estava uma quadra distante do local no qual ela e o professor se encontravam. Um vasto gramado. A quinhentos metros da calçada mais próxima. Contava com pedras gigantescas, no formato arredondado dum queijo mineiro, grande rodela deitada em cima da grama. Lugar próprio para os casais de namorados que queriam fugir da vista dos transeuntes. Mais seguro que os amassos nos carros.

Pena que lugar assim é bem visitado pelos bandidos, assaltantes. Não poupam nem os casais apaixonados em sua busca de privacidade. Pelo contrário, são alvos preferenciais.

A despeito do perigo, é de tirar o chapéu para a sugestiva paisagem que o local oferece. Dá para o fundo dum vale. Abundante em árvores, matos.

Uma cerca delimitava a praça visitada pelos pedestres da imensa área verde. Sinalizava a condição de propriedade particular, ainda que vastíssima.

O relógio dele marcava nove horas. O silêncio e a límpida noite, com o firmamento repleto de estrelas, davam a impressão de ser mais tarde. Gastaram vinte minutos sentados e tagarelando.

Levantaram-se. Nesse momento, a tagarelice cedeu à sede beijoqueira dele.

Óbvio que o atrevimento fez Diana levantar sobressaltada. Afastou-se em direção à cerca. Armindo correu ao seu encalço. A universitária estava de costas. Quando a virou, percebeu que chorava.

Como não chorar? Como se conter? Dentro dela gritavam sentimentos antagônicos. Queria-o, mas detestava reconhecer a horrível condição de amante, de instrumento de destruição de casamento, ceder a uma pessoa sem-vergonha.

As palavras de Rafaela ressurgiam com vibração, perturbando os nervos.

Por habilidade, o caçador, livre de sentimento de culpa, soube manejar o que atormentava Fiorini. Explicou o fracasso do casamento, porque há muito tempo não amava mais a esposa. Se ele tolerava a companhia da Sra. Souza era por causa dos filhos.

Despejava montes de justificativas, não prezava fidelidade quando diante de uma conquista em potencial.

CAPÍTULO SETE

Requisitada

A Unicamp promoveu mais um valoroso evento científico. Sem dúvida, uma instituição de ensino que prima pela divulgação do fazer ciência. A área privilegiada nesta ocasião? Ciências Biológicas. A especialidade: Fisiologia.

Não será desperdício comentar a importância da Universidade Estadual de Campinas na área de Ciências Biológicas, Biomédicas e de Medicina. Conta com conceituados professores e pesquisadores. Os primeiros transmitem conteúdos, formam novos doutores. Os segundos enriquecem suas especialidades a partir das investigações científicas.

Fazia um tempo que Sônia não participava de seminário. Exatamente dois anos.

Motivos ela teve de sobra, como a pesada carga horária como professora e os relatórios que regularmente necessitava enviar ao seu departamento ou ao próprio MEC. A faculdade em que leciona toma tempo considerável.

Guarda saudades de sua fase da graduação. Período em que curtia seminários, congressos, feiras de ciências e workshops.

Qual faculdade de Medicina no Estado de São Paulo, ao oferecer uma dessas atividades, deixou de contar na lista dos presentes com o nome daquela empolgada estudante?

Sônia prestigiava tudo o que tinha direito.

A redoma paulista não a limitou. Viajou para Minas, Rio, Curitiba, Porto Alegre, Maceió, Salvador.

Nem o exterior foi poupado. Esteve na Venezuela, Peru, Chile e Uruguai.

Percorreu inúmeras universidades com o intento de apreciar as exibições científicas, na mesma proporção que o universitário da UNE faz para fins político-estudantis.

Era tal a aplicação nos estudos, tal interesse em anotar, perguntar, questionar, interrogar, que facilmente criava admiradores e pessoas que fugiam de sua presença.

Entre os palestrantes, um ou outro a consideravam como dolorido espinho no dedão do pé.

Extremos à parte, sem que ela soubesse, certo professor cancelou participação em dado seminário. Razão? Ao vasculhar a listagem da plateia, tremeu diante do nome de Sônia Siqueira da Silva.

O bom mestre, um pouco sem jeito, se justificou quanto ao procedimento, seria muito para o meu coração reencontrar a figura em menos de um mês.

Sorte que o caso não chegou aos ouvidos da universitária. Poderia abalar a autoestima.

Não havia alvo determinado, pessoa ou assunto que Sônia quisesse atazanar.

Mas bastava ouvir algo que ferisse seu senso crítico para o samba ter início. O único defeito, se se pode chamar assim, é a forma superenfática que ela impõe nos questionamentos, quando nega as verdades, quando estraçalha teorias recém-saídas da casca e pisoteia tímidas hipóteses.

É de aporrinhar o mais complacente ego científico.

Tinha doutor e pesquisador com o ego machucado que reagia. Lançavam contra-ataques. Como em qualquer guerra, valia tudo. Todos os métodos seriam bem-vindos, mesmos os pouco científicos. Por exemplo, abater a capacidade de intervenção do sujeito, após incitar a plateia a humilhá-lo ou a fixar nele olhos preconceituosos. Nesse expediente, os contra-atacantes contavam com muita habilidade.

Para se ter leve ideia das turnês científicas de Sônia, na época de concorrer ao mestrado, apresentou currículo com mais de cento e sessenta páginas. Tirando as nove dos dados pessoais, as demais compreendiam as atividades extracurriculares. As experiências oriundas das várias monitorias estavam presentes.

Requisitada pelos professores das mais diversas especialidades na Medicina, em nenhum dos seis anos de graduação passou sem bolsa. Houve tempo que acumulou duas, a de iniciação científica e a de monitoria.

Os projetos apresentados ao lado de professores de gabarito serviram para abrir portas. Primeiro, na obtenção da bolsa durante a residência. Em seguida, a de mestrado e de doutorado. A oportunidade de lecionar na UEP viria como consequência.

À época da solicitação da vaga no mestrado, os professores, de pronto, aceitaram a inscrição. O estilo decidido, interessado e prestativo de Sônia agradou a muitos.

Os orientadores que a pleitearam e perderam ficaram com cara feia. Faltou pouco para gerar desentendimento no meio de eminentes doutores.

Um dos carrancudos ainda argumentou com colegas:

_ Não é comum achar aluno que leve a sério a pós-graduação. Sabe por quê? – perguntou.

_ Posso imaginar – disse o mais idoso.

_ Nem passa pela minha cabeça – comentou o novato na profissão.

_ Nos dias de hoje, tornou-se comum, popular, obrigatório, concluir uma pós. Na década passada, foi a graduação que desceu à condição de extensão do colegial. Agora é a vez da pós. Vou além, mestrado e doutorado valem um pouco mais do que curso secundário em décadas atrás.

_ Acho que está radicalizando – incomodou-se o moço.

_ Quem sabe? Afinal para quem tem idade avançada, como eu, é difícil aceitar de bom grado mudanças tão extremas; contudo são necessárias. O universo, a própria vida está em contínua e plena mutação.

_ É... – Consentiu satisfeito o moço.

_ Contudo, nos últimos cinco anos, da experiência que retiro das orientações, vejo o conceito de pós deturpado. Alunos que entram na pós hoje nem sabem o que querem lá, não tem projeto definido. Nem falo sobre a falta do conteúdo bem trabalhado na graduação. Refiro-me ao prazer de fazer ciência. O aluno vem em busca do diploma, não da pesquisa. Vem atrás de título, não do saber científico. Triste realidade. Nós temos que passar a limpo a graduação.

_ Trocando em miúdo, o senhor passa a ideia de que a democratização na pós-graduação tem sido prejudicial.

_ Ao contrário. É mais a exigência de se ter diploma de pós do que a democratização que produz a baixa qualidade. Nada tenho contra a democratização na pós-graduação. Critico apenas os limites. Vejamos. Democratização significa avacalhação? Preencher relatórios com abobrinhas para não ter a atenção chamada pelos órgãos financiadores? Forçar orientador a aturar mestrando semianalfabeto? Ter que ficar se dedicando a preguiçoso, boêmio, irresponsável quanto ao cumprimento de horário, de tarefas? São fatos como estes que me deixam contrariado.

Ao refletir, o moço viu que o professor não estava tão fora da realidade. Ele mesmo, na época de sua dissertação, perdia a cabeça com os colegas imprestáveis e farristas. Nunca entregavam a parte do trabalho na data, caso ele não ficasse marcando em cima.

_ Pode ser que você ainda mantenha o privilégio de não ter conhecido casos assim. Mas quanto a mim... Sônia, sim, é perfeita. Ela estuda de verdade, se dedica. Nada de decorar, ou, sentada na primeira fileira, papagaiar os conteúdos oportunos para chamar atenção e garantir boa nota. Ela estuda e pronto.

_ Nisso estamos de acordo – acenaram positivamente com cabeça e voz.

Concluídas as despedidas, havia chegado a hora de deixar Campinas. Relações de camaradagem formaram-se nos quatro dias de seminário. Mas amanhã é segunda-feira, dia de voltar à ativa. Ainda que seja dispendioso e cansativo comparecer a eventos acadêmicos noutra cidade, por outro lado é legal na medida em que na semana seguinte haverá assunto extra para compartilhar com os alunos.

Alunos que costumam dar atenção a passeios dessa natureza têm mais inclinação para acompanhar as novidades de sua área de especialização, tendo perfil mais propício para a pesquisa.

Para o terminal rodoviário.

Tomou o alternativo porque estava vazio. No mais das vezes, prefere andar de ônibus. No mais, foge dos alternativos, por serem superlotados, clandestinos, sem o mínimo de segurança e conforto.

Houve o lado benéfico da concorrência, quando as primeiras peruas ou Kombi surgiram. Uma maneira de a população expressar o rancor pelo desconforto que sentia com os ônibus terrivelmente lotados, destituídos da menor dignidade humana. Os cartéis do transporte coletivo acordaram. Mudaram para melhor. Hoje há ônibus populares com música de fundo, raros vêm emporcalhados, diminuiu o número de supercheios.

Do campus da Unicamp à rodoviária, vai chão. Cruza toda a cidade.

No guichê, teve a sorte de ouvir que o ônibus sairia dali a quinze minutos. Comprou a passagem no segundo andar. Seguiu direto para a plataforma.

Deu o bilhete para o motorista, que destacando a metade, devolveu a outra. Subiu os degraus do veículo.

No corredor, ia seguindo com os olhos a crescente numeração das poltronas. Lá estava o número 22. Janela. Rapidamente acomodou-se. Alojou a mochila entre as pernas, quando o comum é dispô-la no bagageiro acima das poltronas. Tinha medo de esquecê-la. Aconteceu uma vez e o trauma permaneceu.

Nas mãos, o exemplar de revista científica ganho no evento. Segundo o costume, faria a travessia das cidades ora lendo ora cochilando.

Abriria a revista, ou livro, ou jornal, depois que o veículo completasse uns dez minutos na estrada. Momento que julgava ideal para reclinar a cadeira e ler. Antes, seria impossível. Crianças agitadas que, mesmo com os gritos ou repreensões dos pais, nunca se sentam logo nos devidos lugares. As bocas que mastigam, com estrondo, biscoitinhos crocantes. Mãos que invadem sacos de salgadinhos. O vendedor ambulante que pega carona durante os primeiros quarteirões, gritando suas bugigangas.

_ Olha a água, olha a coca, olha a cerveja... Só um real, um real, freguês.

Mãos e bocas, umas tímidas, outras mais desinibidas, acenam para o moço que carrega a enorme caixa de isopor e equilibra-se nas poltronas.

O veículo em movimento, manobrando para sair do estacionamento.

A professora se rebela de vez em quando, mas sempre em silêncio.

_ Que som irritante! Parecem suínos. Será que todo mundo precisa saber que estão comendo ou bebendo? É dose.

Raro Sônia agir dessa maneira, munida de mudos desabafos e irritação. Às vezes, nem liga. Noutras, chega a achar graça. Tudo depende de como está seu humor.

Sônia é natural de Sertãozinho.

Passou lá toda a infância e adolescência. Aos dezoito anos, migrou para Ribeirão. Para ingressar no curso de Medicina da UEP. Até o terceiro ano da graduação, todo fim de semana e feriado retornava para a casa dos pais. A partir do quarto, as idas diminuíram drasticamente. No período de residência, com plantões intensos, chegou a levar meses sem dar as caras.

Ainda bem que havia o telefone. Ligava na hora do almoço e antes de dormir. Conversava bastante com a mãe, com a avó. Um pouco com a irmã mais nova.

Nos primeiros meses de Ribeirão, sofreu. Pouco pela ausência dos pais. Mais por causa da convivência que afrontava sua personalidade individualista e metódica.

Antes de chegar ao quarto ano, conseguiu alugar quitinete só para si. O valor do aluguel não sairia dos cofres dos pais. A grana saía de seu bolso, da bolsa de monitoria. A ajuda dos pais limitava-se a despesas básicas como alimentação e transporte.

Apesar de donos de mercearia, os pais não nadavam em dinheiro. Haviam passado metade da existência como empregados. Souberam valorizar as economias para abrir o próprio negócio.

Que virada! Morar sozinha é outra coisa. Quanto mais para tipos introspectivos, ligados mais com estudos, dando pouca bola para agitação. Para Sônia, o isolamento é natural como a multidão para o cantor.

Chegando da faculdade, virava a chave e governava a casa.

Que maravilha fazer o que lhe desse na telha, sem que fosse preciso tecer justificativas. Sem pedir licença para ligar o rádio, a tevê. Sem falar que economizaria voz e paciência para solicitar que as colegas abaixassem o maldito volume dos aparelhos.

Estava na mais perfeita ordem, a seu bel-prazer. É senhora soberana.

E o banho? Já não havia necessidade de esperar na fila. Ouvir alguém cantar desafinada por mais de meia hora debaixo do chuveiro enquanto ela descabela-se à espera de chegar sua vez? Boxe molhado? Espumas de sabonete salpicadas por toda parte? Espelhos embaçados? Tufos de cabelos grudados nas paredes ou chão? Coisa do passado.

"Qual foi a cadela que usou minha toalha?", quantas vezes ela ouviu as companheiras, em altos brados, vomitarem essa frase? Quantas vezes a mesmíssima frase por um triz não escapou de sua boca? Sufocava-se, tornando-se roxa, mas mantinha a compostura.

O pesadelo agora está a léguas de distância. Desde que possa arcar com as contas, entrar numa república novamente só de visita, e isso se não houver opção.

Há algo melhor que essa paz, que essa solidão quando comparada ao tumulto da república? A privacidade pode não resolver todos os problemas, mas traz esta tranquilidade e equilíbrio pessoal.

Lembranças da república? Sônia abominava a gente esquisita que pipoca. Boêmio, bicho-grilo, patricinha, garoto metido a empresário, político-estudantil. Todos com lábia e encheção de saco. E quando a república é de mulher, pronto, os asquerosos engenheiros surgem como varejeiras. Ficam rondando, rondando.

"Cultuo a solidão. Tenho o livre arbítrio. Posso muito bem decidir se quero me enturmar, seguir as regras do grupo ou me manter isolada. Já basta a sociedade mais ampla para aturar, aquelas pessoas que estão à minha volta, da porta para fora. Dessas é possível me manter cem por cento longe", desabafou certa vez a uma amiga.

Para Sônia está de bom tamanho o paraíso do isolamento. Sente-se maravilhosamente bem no limite da quitinete. Acredita no ditado que o homem deve ser rei em sua casa.

Ao mesmo tempo em que se delicia com a solidão, tomaria um banho.

Em seguida, veria o que há para jantar. Fuçaria na geladeira, à caça de alguma coisa que, no prazo de validade, desse para matar a fome.

Visitaria o supermercado no dia seguinte. No mercado, os itens costumeiros. Legume, verdura, carne, um tanto assim de queijo e presunto, iogurtes, as famosas caixas com leite desnatado, pão Pullman, produtos de limpeza...

Banho tomado e prato com sanduíche na mão. Correu para frente da TV. Como pode, se ela odiava tevê quando morava na república?

É que nesse momento o aparelho, o volume do som, os canais estão a seu dispor. Ninguém para interferir.

Logo que passou a ficar sozinha, o maior impasse era quanto à programação. Por quê?

Na república que dividia com três estudantes de Medicina da UEP, uma de Psicologia da USP e uma de Administração da FEA, todas veteranas, os gostos, nunca consensuais quanto à programação, giravam em torno da rede Globo e da TV Cultura.

Tornou-se revoltada com as duas redes. Nunca foi fã do Faustão, mas o tempo que passou na república odiou o apresentador de verdade. Nada a ver com o Fausto ou seu programa. Sim por ter que tolerar o volume alto. Sônia mal podia concentrar-se nos livros nas fatídicas tardes de domingo.

O som que arrombava a porta do quarto, que vazava as paredes, alimentava sua ojeriza pelo apresentador. Não foi o único a ter seu nome pronunciado entre dentes cerrados de raiva, boca espumando de irritação.

O Jô Soares, o querido apresentador Jô, passou a ser figura repugnante. Motivo? A estudante de Psicologia não passava uma noite sem que, lá pelas onze, se plantasse em frente da tevê para ver o programa.

Se o aparelho de som e a tevê contassem com fone de ouvido, muitos dos transtornos teriam sido evitados. Mas quê? Raramente se tem a tecnologia que se quer na hora em que se precisa.

A televisão atormentava. Mas havia algo pior.

Mick Jagger, o barulhento vocalista do Rolling Stones. Doíam seus ouvidos.

A terceira estudante de Medicina levava horas com aquele som repetitivo e idiota. Ao cabo de seis meses, brotara aversão fora de série. Se alguém quisesse dar a maior prova de amizade, bastava propor o sumiço, varrer os Rolling Stones da face da Terra, incluindo os álbuns do quarto da Neuza.

Seria de espantar caso se presenciasse Sônia, sentada na almofada, diante da TV, sintonizada no programa do Fausto, a gargalhar das *pegadinhas*? Isso no domingo. Ou se a encontrasse, meio tímida no início, a ler as letras de um disco dos, imagina só, Rolling Stones? Não o da antiga companheira. Havia tomado emprestado duma república vizinha. Quem te viu quem te vê. Chegou até a cantar duas músicas, com boa fluência no inglês.

E o Jô Soares? Bem, ainda não se viu tentada a assistir. Quem sabe daqui a alguns dias, semanas, meses... Tudo é possível.

Por que a mudança de comportamento? Por estar livre para curtir o que der na telha.

Morando sozinha, exerce o pleno direito de ouvir, assistir e cantar o que quiser. Tem garantida a opção de agarrar-se ao divino silêncio. Pode estudar à vontade, sem que a atrapalhem.

A cozinha está liberada, descongestionada, asseada. Se bem que república feminina consegue assegurar padrão mínimo de organização próximo ao de uma asseada dona-de-casa, existe contrariedade. Disputa de espaço é o primeiro. Nem sempre o rango é comunitário. Muitas das vezes cada qual se vira como pode para satisfazer o estômago. Cozinhar por conta, preparar uns sanduíches, encomendar comida pronta.

Sônia adorou dizer adeus a pia congestionada de louça suja e ao aparelho de micro-ondas respingado de gordura, de molho de tomate ressecado e manchas de chocolate com leite.

E olha que a república, considerada das patricinhas, contava com empregada que dava trato na casa, deixando-a um brinco.

Vinha três vezes durante a semana. Cozinhava bem, depositando cuidadosamente os alimentos em vasilhas de plástico apropriadas para irem ao congelador.

Nos dias em que a empregada não comparecia, as meninas delicadas e desengonçadas tinham a difícil tarefa de retirar os potes plásticos do freezer, esperar descongelar e levar ao micro-ondas. Nenhum contratempo eventual impedia que conseguissem efetuar esta operação.

O problema aparecia na hora de lavar a louça.

E se agravava com as louças fora do almoço, como as de lanches ao longo do dia. Retirar os pratos de cima da mesa, os copos de cima dos móveis, a bacia de pipoca ao lado do sofá ou da cama de dormir seria mais penoso que escrava carregar pedra no Egito antigo para erguer pirâmides.

Em torno dos quatro meses de república, as meninas buscavam um acordo. Urgia preservar o mínimo de asseio. Tarefas foram traçadas, palavras firmadas. Mas o grosso do trabalho acabou ficando para Carla, a estudante de Administração. Embora bem racionalizasse a divisão das tarefas, além de impor o básico, que cada qual lavasse o que sujasse, e cuidasse de sua cama, quarto, de nada adiantou. O acordo virou mera formalidade.

Na prática, a bagunça imperava.

Contratos malfadados, que duram poucos dias após a promulgação, são atitudes corriqueiras em repúblicas.

Quando Carla largou mão de varrer a casa e manter a cozinha decente, abandonando, por conseguinte o hábito de chamar a atenção das colegas relapsas, a desordem se instalou de vez.

Ainda bem que contavam com empregada, embora que nem a empregada garantisse a coesão do grupo. Sem ela, no entanto, a casa seria comparada à bagunça de república masculina.

Carla foi a primeira a cair fora. Ao contrário de Sônia, Carla iria viver com o noivo.

Se antes Sônia se esquivava da cozinha, agora, solitária na quitinete, é quem prepara as refeições. Louça acumulada para o dia seguinte? Nem quando convida amiga para tomar cerveja e saborear aperitivos. Limpeza é o lema nos últimos tempos.

Nos fins de semana, lava e passa sua roupa. Arruma a casa.

CAPÍTULO OITO

Predinho

Aquitinete de Sônia fica localizada no conjunto de três prédios disposto no formato que lembra a Esplanada dos Ministérios, em Brasília. Não há estacionamento. Quem tem carro que se vire em algum posto de gasolina, deixe em garagem na casa de vizinhos camaradas ou corra o risco de estacionar em frente ao prédio. Apesar de o prédio ter vigia, é bom não contar. Sua função é fiscalizar a conduta dos universitários em vez de zelar pelo patrimônio dos condôminos.

Seguindo a trajetória bem-sucedida no palco acadêmico, Sônia entrou no quinto ano.

Fez residência.

Formou-se e, no predinho, permanece até hoje. É uma eterna estudante. Gosta do ambiente. Por nada desse mundo dividiria seu espaço. Nem trocaria a quitinete por casa ou apartamento. Se sente bem confortável em sua gaiola.

Admira a tumultuada vida estudantil. Mas gosta de curtir a agitação da arquibancada. Passou o tempo de achar prazer em descer à geral. Entrar no campo? Nem pensar.

A rotina depois de formada exige grande disposição. Plantões no HC. Preparar aulas e lecionar. Sem esquecer as viagens que empreende em busca de atualizações nos seminários, encontros científicos.

Sobra tempo para si? Nos feriados e fins de semana quando permanece na quitinete. E o período de férias? Gasta no laboratório, conduzindo grupo de alunos em projeto de pesquisa. Sempre visando mostrar qualidade nos congressos científicos.

Sônia é desses acadêmicos que mantêm o Brasil visível no cenário científico internacional. Graças a ela, o curso de Biomédica da UEP de Ribeirão Preto está em alta.

Há três anos é referência nas revistas especializadas. Não é à toa que o curso, do qual é coordenadora, subiu ao pódio do rol dos cotados com cinco estrelas no Guia do Estudante 96/97.

Desceu do ônibus e teve que andar duzentos metros até avistar o prédio. Caminhou lentamente, para manter o fôlego.

Seria ideal que considerasse saudável fazer caminhadas. Ainda mais a essas horas, à tardinha, sem o incômodo da insolação.

Porém, daria tudo para estar dentro do Fiat velho. Velho em todos os sentidos. Por mais de 7 anos nutriu camaradagem pelo automóvel, similar a um pescador por sua vara, mas acredita que chegou o momento de adquirir um novo. Ficou de passar na concessionária Fiat, quer um carro do ano. Ainda que esteja adaptada ao velho, como cientista, sabe que renovar faz parte. O velho deve dar lugar ao novo.

_ Tudo bem seu João?

Sônia cumprimentou o porteiro, que hoje conservava cara de poucos amigos, contrária à habitual.

A causa do mau humor? É que uns estudantes de Engenharia fizeram churrasco no prédio. Aquele entrar e sair o deixava louco. A farra se arrastava por sete horas, começando às 10h da manhã. Como controlar quem entra e quem sai? Essa é justamente sua tarefa. E se o patrão chega de repente? E se alguém da vizinhança ligar para o chefe para reclamar da barulheira que só os capetas da Engenharia fazem? Para complicar, tocaram fogo no latão de lixo. Disseram que foi acidente, um toco de cigarro. Claro que seu João não acreditou. "Como se eu não conhecesse estas pestes," desabafa. "Quando se está com a cabeça virada pela pinga, coisa boa dali não sai."

_ Boa noite doutora – retribuiu, forçando o sorriso.

A senhorita Sônia! Admira-se. Chama-a de senhorita, mesmo conhecendo que ela completaria trinta e quatro anos. Uma forma respeitosa e carinhosa de se referir à melhor moradora, em sua opinião. Não dava trabalho. Que trabalho o quê? Uma pessoa exemplar. A semana inteira grudada ao serviço. Nos sábados, domingos e feriados, quando em casa, ninguém ouve um pio. É dada aos estudos.

A doutora que é gente direita. Quem dera que os estudantes malcriados fossem como ela! Ah, seria querer demais, balançou a cabeça, afastando o sonho.

A professora subiu ao segundo andar.

Bastou entrar no apartamento, para que a dose de angústia corresse em sua direção, agarrando-a.

"Pensa que te deixei? Estou aqui mais forte do que nunca. Se não te acompanhei a Campinas, foi para que pudesse aproveitar o seminário... e jogar dinheiro fora não seria legal. Mas aqui dentro é outra coisa", sentenciava a imponente angústia.

Que poderia causar tamanha angústia no blindado coração, moldado pelo princípio da ciência, metódico como roteiro de missa, invariável como a oração do Pai Nosso?

A resposta pode ser a mais variada. Talvez problema familiar, falta de dinheiro ou saúde. Quem sabe uma encrenca, uma pequena disputa profissional comum nos departamentos universitários?

A universidade imita a sociedade. Há mesquinharia, atos poucos escrupulosos. Seria um sujeito que se incomoda com o sucesso alheio. Alguém querendo destitui-la do cargo, puxar o tapete?

Vai ver esteja insatisfeita com o salário. É de conhecimento até do senso comum que o Brasil engatinha quando a questão é reconhecer os talentos nas áreas de ciências. Raros os que se julgam satisfeitos.

Com trinta e quatro, doutora em uma universidade pública, vai ver se revolte com o desejo insatisfeito de ter casa confortável num bairro seguro e agradável.

A angústia nem de longe se refere aos motivos mencionados.

O motivo é uma paixão não correspondida.

Que outro motivo do que o amor, a paixão ou o puro desejo de ter companheiro? Raro o coração humano que esteja livre da fatal atração por um parceiro.

A doutora padece de doença grave, diagnosticada como paixão não correspondida.

Para muitos, trata-se de uma das piores enfermidades que a natureza arquitetou na espécie humana. Talvez com intenção de frustrar o alcance de felicidade irrestrita.

Sônia não é jovenzinha, portanto, está livre de ter o coração sacudido por causa de uma paquera. Certo?

Puro engano.   Ainda que cientista, não anulou os sentimentos mais íntimos, a despeito da idade que se podia julgar como capaz de controlar os impulsos.

O adulto oprimido por sentimento não correspondido pode cometer burradas superiores que as dos jovens.

Aos 34 anos, conquistada a posição de doutora bem-sucedida, permanece a dúvida sobre o porquê Sônia vive solitária, sem companheiro, ou do porquê nunca casou nem teve vida conjugal. Era de se esperar que estivesse partilhando a vida a dois, criando os filhos, zelando pelo marido, pela casa, enquanto exerce a Medicina.

Acontecimentos ocorridos vinte anos atrás apresentam a explicação do presente isolamento.

Apaixonou por um rapaz do tiro-de-guerra.

Amor violento a enlouqueceu. Deixou sem rumo.

Por pouco não se afasta das duas coisas que mais amava: a companhia dos pais e o estudo. Não que saísse à procura de aventura, que fosse atirada e sapeca. Antes, o costume de isolar-se no quarto era constante.

Começou a namorar o rapaz. Era delicado.

Tinha a delicadeza de homem que esteve com várias mulheres. A primeira mulher, aos dezesseis anos.

Pena que ele cultivava a infidelidade. O namoro sério, com uma garota que tivesse intenção de desposar, não o impedia de dar amassos nas aventuras. Um dia calhou de agarrar a melhor amiga dela. E a danada gostou, sem escrúpulos inclusive para tentar roubar o namorado de Sônia.

A mui amiga providenciou flagrante, sem que Sônia soubesse.

Dionísia, a rival, sabia que perderia a amizade de Sônia, mas preferiu esta condição que deixar escapar aquele de quem acreditava gostar. O palco do flagrante seria na festa de aniversário de seu primo.

Escreveu à colega.

Cara amiga,

Talvez seja a última vez que a gente se fale em tom de camaradagem.

E por quê? Porque me apaixonei por seu namorado.

Sei que nunca vai me perdoar. Eu mesma me critiquei. Tentei resistir, fiz de tudo ao meu alcance. Até fugi da presença dele. Passei afastada bom tempo, me segurando. Só que chegou a hora em que a carne foi mais fraca.

E...

Se te escrevo é para te alertar sobre o caráter do sujeito. Ele é cara de pau. Já saiu, continua saindo com qualquer menina que dê bola.

Sim, também me condeno por ser tão volúvel. A diferença entre mim e ti, é que eu sei o canalha que ele é, e você não, pelo menos é o que me chegou aos ouvidos.

Tomara que um dia você me perdoe. E se vier à festa me verá com ele, isto se ele não calhar de sair com outra, ou até mesmo de não aparecer. Perderei sua amizade, mas ficarei de consciência limpa.
Decidi não contribuir para que você seja enganada.
Um abraço de sua ainda amiga,

Di.

Lida a carta, Sônia deu uma risada. Parecia piada. Brincadeira de mau gosto.

Mais tarde, caiu na real. Sabia que, dentre as poucas amigas, a que menos brincava era Dionísia. Séria, estudiosa e responsável. Não, ela não se prestaria a esse papel.

A depressão a envolveu.

_ Que miserável! Como pôde me enganar todo este tempo?

Telefonou para uma conhecida para certificar se haveria tal aniversário. Ora, como não haveria? Devia estar meio voando. Era até batida a data. Quem não conhecia a festa do primo da Dionísia, o tal afeminado, mimado e muito excêntrico? Desde que se conhece por gente, não perde uma. Numa dessas que se esbarrou com a primeira paquera, e tomou o primeiro bolo. O garoto era comprometido. O rapazinho, avançado, ensaiava naquela época o estilo que predomina nos anos noventa: o ficar, ficante, derivativos do namoro descartável.

Seria óbvio adivinhar o quanto abalado esteve a frágil garota. Receber a primeira paulada. Dureza.

Pagou para ver, e foi à festa.

Lá tomou outro choque. Tudo o que a amiga disse era verdade. Melhor, ex-amiga. Nunca mais trocariam um "oi". Se a encontrasse, viraria a cara.

O soldado namorador, ao avistar Sônia, ficou decepcionado. Droga, pensou, tinha se exposto demais. É sempre assim, um dia a casa vem abaixo. Podia ter sido mais discreto. Agora, babau. Adeus garota direita. Poderia ser sua esposa, mãe dos seus filhos. Seria mulher direita, fiel e dedicada.

Quando se recorda que levou tanto tempo para achar essa preciosidade, aí é que ele fica mais irado.

Filha de comerciante, montado na grana. Garota cheia de qualidades. Acanhada, que saía pouco. Namorar? Só no portão de casa. Quando muito no cinema, ou na sorveteria.

"Bem-feito cavalo, jumento," xingava-se. "Pasta. Quem sabe aprenda da próxima. Do jeito que está o mundo, menina assim é cada vez mais raro. Hoje as atrevidas, falsas, biscates, são a maioria," resmungou.

De nada adiantou o lamento do soldado. O namoro foi para o espaço.

Sônia teve que amargar mais uma decepção. Decepção que repercutiu com força em seu traço de moça sonhadora. O soldado era mais que um simples namorado. Era noivo. Havia pedido a mão dela para o pai. Ganhado a confiança e permissão para namorarem em casa. Vencida a resistência paterna, após ter deixado no ar a firme convicção de casar-se com a filha querida.

Como esquecer a noite em que o pai, seu Joaquim, e o genro trocaram amistosas palavras.

_ Gostaria que o senhor soubesse que quero me casar — começou o rapaz em direção a Joaquim, de posse da ousadia de encará-lo frente a frente, olho no olho, sem piscar ou aparentar hesitação. O gesto contou no conceito de bom genro.

_ Hum...

_ Espero só me efetivar como cabo. Aí sim, terei estabilidade. Acredito que darei certo. Fui aprovado com boas notas num curso... É esperar a lista da reserva, e rezar para que meu nome não esteja ali.

_ Confio em você. Um homem como eu sabe que tudo vem a seu tempo... Não custa esperar.

Como se vê, a confiança foi para o ralo.

Drástica resistência se instalou no coração de Sônia contra qualquer insinuação de nova atração sentimental.

"Que namorar o quê? Preciso estudar, quero ser médica." Era a resposta que disparava em quem perguntasse por que ficava sozinha.

De catorze aos vinte e dois anos, a convicção no celibato pareceu apreciável aos ouvidos paterno e materno. Depois dos vinte e cinco anos, essa convicção geraria preocupação.

Os colegas, os amigos é que nada entendiam. Frígida? Lésbica? Se fosse católica praticante, quem sabe admitissem voto de castidade. Mas não no caso de uma universitária.

Vencidos os vinte e oito anos sem ninguém, e encaminhando o mestrado, o título de solteirona passou a ser inevitável.

Agarrou-se aos estudos, aos plantões no período de residência, e a todos os expedientes comuns à vida duma universitária e, posteriormente, de uma médica.

Prestando atenção à atribulada rotina dos agentes de saúde, dos médicos e enfermeiras, pode-se achar pessoa que acredita que a relação amorosa seria incompatível, ao disputar tempo com as chamadas de emergência hospitalar.

Dos vinte e seis, época em que concluiu a residência, aos atuais trinta e quatro anos, sinceramente pouca atenção dispensou às necessidades afetivas do coração. Nem às do sexo. Voltou sua libido inteiramente à profissão.

Sônia ainda é virgem.

Caso tivesse os instintos soltos, se realmente quisesse se relacionar, não faltaria com quem. Espelha traços comuns, mas é atraente. Atrairia um parceiro se assim quisesse.

"Para que mexer na minha rotina se tudo vai bem", era como justificava seu afastamento do mercado da conquista.

A rotina de solteira satisfez o estilo estudioso, até que o destino, moleque desocupado – ou ocupado em perturbar a tranquilidade –, resolveu bulir com os instintos da médica.

Passou a experimenta uma necessidade esquisita. Não totalmente desconhecida, mas incômoda para ela que se decidira permanecer fechada para relação sentimental.

Amor?

Talvez o simples desejo de querer dividir a vida com parceiro.

A banana de dinamite atirada pelo destino vinha na pele do professor de Fisiologia.

Qual?

Quem mais senão o garanhão, o irresistível galã doutorado na opinião das alunas e professoras que cruzaram seu caminho.

A couraça que a envolvera durante anos, será que se desfaria? Algema, feito linha puída, se romperia?

A natural resistência a atormentou, antes de dar um tempo.

A história principiou em meados de dezembro do ano retrasado.

Sônia conhecia a fama do professor.

Há mais de um ano lecionavam na faculdade, transitavam no departamento, era sua colega de trabalho. Esquivava-se da companhia do camarada.

Não que temesse ser a próxima vítima. A fama dele é que a perturbava. Fugia da presença de gente muito falada, difamada, desejada, elogiada, estigmatizada. Dava crédito às opiniões contraditórias que bocas murmuravam. Queria distância.

Se fosse para preferir alguma companhia, seriam as opacas, caladas.

De qualquer maneira, seria incômodo ter o nome na boca das colegas de trabalho, caso achassem que o cara estaria a fim dela. Os rótulos de puxa-saco da diretoria, bitolada no serviço, mal-amada, mulher-sem-homem eram suficientes. Ainda que velados, esses rótulos a faziam derramar lágrimas quando eram insinuados ou ela os ouvia *sem querer*.

Certo dia, contudo, foi balançada por forte emoção quando estava na presença do professor.

Impossível para Sônia definir que significava o repentino sentimento? Beleza é que não era. Se fosse, teria notado antes. Mais tarde cairia na real. O mestre a abateu no ponto mais fraco. Derrubou a preconceituosa resistência. E que arma usou? Simples elogio. Pronto, a luz na cabeça da professora acendeu. O palito de fósforo aceso atirado a um balde de gasolina faria menos estrago.

Qual seria o elogio?

No laboratório, a conversa, a princípio sem sal e sem açúcar, assumiu tom interessante, no ponto de vista de Sônia, a elogiada.

_ Se todos os professores fossem tão aplicados... Bem, no mínimo as fofocas, as maledicências, a preocupação com a vida alheia ficariam para escanteio. O tempo seria curto. Infelizmente pessoas como você não se encontram na esquina. Muitos vestem a camisa de mestre mais pelo salário e acomodações do que por vocação para fazer ciência. Nem mesmo lecionam com o devido rigor esperado diante de seus diplomas e as teses.

_ Fico sem graça.

_ Por quê? É a pura verdade. Nos dias de hoje é mais fácil elogiar mesquinharia, despeito, a crítica da conduta alheia, do que afirmar o valor profissional. Acha que exagero?

_ Hum...

_ Já te disseram que é profissional competente? Que os alunos têm verdadeiro apreço por sua dedicação?

_ Bem... – Sônia pensou. Nem se lembrava do último elogio, se é que recebeu algum até o momento.

_ Na minha experiência de docência, é a coisa mais rara. Olha que não sou dos piores mestres.

Verdade. Reconhecimento é artigo de luxo, concordou ela em silêncio.

_ Quem recebe o benefício parece ter perdido a voz para prestar a homenagem. Em contrapartida, os críticos nunca tiveram a garganta mais afiada. A menor falha ofusca a maior e dispendiosa dedicação. Elogiar professor parece que dói. O que fazer? É a profissão que escolhi. Mas o assunto é você. Reconheço teu valor. Eu gosto de lecionar, mas sua aplicação me surpreende.

"Nos elogios ele é forte... Que deu nele para vir dizer estas coisas? Será?", Sônia suspeita de segundas intenções. O mestre, sabendo ler a alma da presa, como verdadeiro gavião, arriscou saída de emergência.

_ Me desculpa, mas, ainda que quisesse, não podia tapar os ouvidos para um defeito seu. Muito isolada. As línguas dizem que é metida a saber mais que os outros, e que a companhia do pessoal aqui te desagrada...

_ Imagina – tentou rebater. – De modo algum. É meu jeito. O trabalho absorve minha atenção. Se eu dei provas do contrário, foi involuntário.

_ E eu não sei? Não vejo nada de mau. Só citei essa situação insignificante para mostrar que às vezes a gente se comporta de um jeito e as pessoas nos julgam de outro. A vida é assim. Injustiças sobram espalhadas por onde pisamos. Não me admiraria se você tivesse ouvido detalhes terríveis a meu respeito...

E como tinha, pensou ela. Perdera a conta dos comentários sussurrados em meio às colegas do departamento.

_ Namorei uma adolescente no tempo em que lecionava na UEP de Bauru. Pronto, ganhei o apelido de papa-anjo, pode? Acha que dei bola para a falácia? Nada. Sigo minha consciência. Penso que não se deve ser escravo da opinião pública. Ora, isso seria comportamento submisso, de rendição à tirania de maledicentes.

_ Ahn.

_ Em hipótese alguma, estou dizendo que se deve fugir ou ignorar responsabilidade... Nada de cometer faltas ou promover atos que prejudiquem os outros, e dizer conosco, que se danem! Também não é por aí.

_ Entendo – quis apoiar em parte a torrente de palavras do colega.

_ As críticas às vezes nos dão um toque se estamos pisando na bola, estragando a vida de outrem. Por isso que é bom ouvi-las, decodificá-las. Mas só acatar se estivermos errados. De resto, que as matracas batam, porque têm que bater. Caso contrário, os medíocres morreriam asfixiados, sufocados por esse algo que vem do fundo de suas almas e os fazem tagarelar, destilar veneno.

Ela o achou divertido. Tão diferente do jeito que o supunha, pelo que tinha ouvido falar.

Dias depois, não faltaria oportunidade para se esbarrarem. Foram escolhidos como paraninfos da turma que colaria grau dali a alguns dias. Em meados de janeiro de 1999.

Os encontros seriam necessários. Conversariam muito. Toda cerimônia de formatura exige dedicação das várias partes envolvidas.

O dia 21 de janeiro, escolhido para a colação, chegou.

Todos estavam umas teteias. Beleza, charme, graça, traços de boa etiqueta espelhavam-se pelo rosto, corpo e vestimenta dos formandos. Os pais, os diretores, o professorado não ficaram atrás. De um lado a outro pipocavam emoções. Nem todas calculadas, porém esperadas. Lágrimas de recompensa. Explosões de felicidade. Satisfação pela posse do diploma.

Nem os mais insensíveis ficaram indiferentes à empolgação reinante.

Houve empolgação mesmo dos agentes de formatura e chefes de departamento que sabiam de cor e salteado o que dizer, do que sorrir, do que chorar e que ações mereciam aplausos.

Como no velório a tristeza é a conduta esperada, na colação a alegria predominava. A entrega dos canudos seria no anfiteatro da universidade, enquanto a festa se daria na chácara que pertence aos professores da UEP de Ribeirão Preto.

A cerimônia de colação havia sido uma beleza. Justo que, dali a algumas horas, o baile seguiria seu ritmo. Encerrada a entrega dos canudos.

Os formandos atirando papel picado, confete. Até rolos de papel higiênico voavam dum lado para outro.

Em seguida, correm aos montes, por vezes acompanhados dos pais, em direção ao local onde o carro está estacionado. Lá depositam canudo, beca. Ajeitam os amassos sofridos pelas roupas de baixo. E, pronto. Seguiam para a chácara, palco da festa, do baile.

Para os rapazes, a troca de roupa era rápida.

As moças tinham problemas. Piorava se fossem tímidas ou perfeccionistas. O vestiário feminino? É tal de ajeitar vestido, alinhar blusa e saia, meia-calça. E retocar a maquiagem? Igual desespero.

Comentários pessimistas, como o depois de formado passa-se à condição de desempregado, eram banidos, obrigados a ficar a quilômetros de distância do ar puro que reinava.

Se a dureza e as desilusões tiverem que vir que esperam depois de amanhã.

Hoje é festa. É alegria. É certeza sobre o futuro bem-sucedido. É o abraço envolvente nos parentes, nos professores que marcaram a trajetória dos anos de estudos, nos colegas formandos cheirosos que alucinaram o instinto durante o curso. É o prêmio mais que justo por anos dedicados à universidade. É o canudo que chega às mãos dos perseverantes.

Ocorreu tudo às mil maravilhas. O que tinha de gente não estava no gibi. Carros espalhados dentro e fora da chácara.

Houve pequeno incidente. O levado moleque, desprendendo-se dos pais, brincava à beira da piscina. Logo uns gritos se misturaram às músicas típicas de formatura, executadas por instrumentistas habilidosos. Levariam o caçula para casa, a fim de trocar de roupa. Não passou de um susto.

A agitação só diminui lá por volta de uma hora.

A festa ultrapassou o estágio frenético do exibicionismo, do dançar, do aproveitar.

As pessoas começaram a dispersar. Em torno das duas horas, o salão bem vazio. Boa parte das famílias fugia do salão tão apressada quanto Cinderela. A segunda por ordem da fada madrinha, os primeiros pelo sono inoportuno.

A conversa em fim de festa costuma rolar mais solta quando se está naquele canto, afastado da multidão. É o incentivo da privacidade encontrada nos lugares fora do salão, iluminados pela luz das estrelas ou do luar. Espaços desconhecidos, atrativo para diálogos mais reservados.

Naquela chácara os frequentadores identificam esse cantinho nos arredores da piscina, da sauna e suas dependências.

Todas as benfeitorias, bens e imóveis que a chácara exibe foram gerados pelo empenho e dedicação dos professores associados. De graça só o terreno, mesmo assim cedido pela prefeitura. Anos depois, através do capital resultante das mentalidades dos sócios, da locação da área para eventos, compraram o dito terreno. Trocando em miúdos, nada a ver com regalias. A universidade não privilegiou professores.

Numa das salas da gigantesca sauna, um casal dando amassos apressados e insaciáveis. Se comparado a exibições mais grotescas que ocorrem em fim de festa, estavam comportados. A cena seria comum, se a mulher enroscada nos braços do garanhão fosse outra que a Sônia Siqueira da Silva.

Apesar de ser situação inusitada para Sônia, as carícias seguiam de acordo com os rituais modernos de amassos escondidos.

A situação era de fato inusitada. Imaginar que atravessou vários anos com as necessidades sexuais postas em banho-maria.

Desde o término do namoro com o cabo, anos se seguiriam sem uma beijoca, uma troca de olhares sensuais, o toque na mão com delicadeza. Dum momento para o outro, abraços, carinhos, afagos. A abundante sensação de prazer percorre todo o corpo, trava a garganta, deixa sem fôlego. Passando perto de parada cardíaca.

Ela achou muito bom. A transa é que não aconteceu. Culpa do receio cultivado durante anos de repressão do sentimento que é tão natural. As glândulas, a lubrificação, o calor, os órgãos, todos estavam de prontidão. Queriam finalizar o que havia começado. O racional de Sônia é que se recusou. Preferiu manter a reserva.

Ambos de carro, ele a seguiu até a portaria do prédio. Despediram-se com beijos sufocantes, sem que Sônia permitisse que Armindo de Souza subisse à quitinete.

O relógio marcava três da madruga. Tomou banho. Deitou-se logo em seguida. Mas não conseguiu pregar o olho.

Quatro e vinte da manhã. Sônia se contorcia excitadíssima. Não dormia, nem lia como nas noites de insônia. Se permanecia com os olhos fechados por mais de um minuto, era milagre.

A excitação estava longe daquela dos filmes da tevê, simulando mulher no cio para chamar a atenção do telespectador. Era natural, sem deixar de ser sensual, como acontece no adolescente durante os primeiros dias de namoro. Sônia teve até o incomodo de acordar banhada de suor.

Sônia apagou. Sono merecido. Havia lutado muito com as tentadoras imagens do conquistador, que vez por outra se grudavam à parede, no teto, bem à sua frente.

Dormir nem sempre é sinal de repouso. Os pesadelos são provas dessa máxima. O garanhão não deu trégua. Apareceu, mais atrevido que na vida real. Transaram. Ela pôde sentir no sonho o prazer que nunca experimentara na realidade.

De manhã, acordou molhada. Que embaraço! Viu os lenços naquele estado.

Havia trocado telefones. Marcaram encontro para o sábado seguinte. Foi sensacional.

O que interessa é que o professor é hábil fingidor. Finge porque acredita ser arma eficaz para conseguir o que deseja. Não deseja outra coisa senão penetrar no maior número de mundos que estejam ao seu alcance.

Sônia seria enganada pela segunda vez. Três meses de namoro. A transa não veio. Ela resistia. Ingênua no amor, ela queria se casar primeiro, ou pelo menos se sentir mais segura para se entregar. Boa parte das adolescentes, nos anos noventa, daria risada dessa situação.

Um pouco pela resistência da professora em se preservar, o namoro se arrastara por mais tempo do que esperava o conquistador. Se Armindo a tivesse possuído, quem sabe antes do primeiro mês a tivesse descartado.

O doutor alucinava-se com a situação.

A demora de possuir uma mulher na qual ainda não tinha depositado o seu néctar o irritava, mas igualmente o atiçava. Via-se forçado a estender tempo a mais junto da caça, na tentativa de procurar meio de rasgar a casta couraça da solteirona.

Sônia sofreria. O malandro, apoquentado pelo jejum forçado, e de tanto protestar, resolveu usar da última arma que dispunha: pedir um tempo. Quem sabe ela cedesse.

"Um tempo, será que quer me abandonar?", pensou ela. Caiu que nem patinha. A pobre professora imaginou que se entregando seguraria o homem.

A verdade apareceu quando menos se esperava. Soube de um caso que o doutor mantinha paralelo aos meses de namoro com ela. Que cachorro, desabafou a iludida.

Que fazer? Há pessoas que são doutoras numa especializada e tapadas noutra.

Findado o namoro, a professora beirava o fundo do poço. Se ela tivesse outra personalidade, ou houvesse pretendente honesto a lhe rodear, talvez tivesse tirado proveito da desgraça para cair fora, ao concluir que havia pedido apenas seu tempo. Ao certificar-se de que o sujeito não valia o pão que come, talvez ela tivesse saído do caso sem encher a paciência do sujeito.

Tudo leva a crer que a situação seria resolvida tranquilamente, caso Sônia não tivesse descoberto que o camarada, de modo escancarado, estava dando em cima de uma aluna, Diana Fiorini, nem bem tinha completado uma semana que o sujeito dispensara a mestre.

Que falta de consideração, de hombridade, de caráter, soluçou a indignada professora. Essa atitude soou como verdadeira afronta para os brios de Sônia. Mas isto não vai ficar assim, jurou a si mesma.

Fácil percebeu que o amor-próprio se rebelava. Instinto é instinto. Seja da pessoa ingênua ou ardilosa, quando o amor-próprio é ferido pode provocar efeitos imprevisíveis.

O rancor tomou conta da mulher. Em meio à opressora amargura, Sônia entregou-se a uma conduta irracional.

Sônia passaria à condição de pedra número 1 no sapato de Armindo de Souza.

O malandro nem se dera conta que meteu a mão em casa de marimbondo. Como poderia? O diacho do homem sintonizou-se por inteiro na encarniçada perseguição da jovem quartanista de Medicina, sem desconfiar que abandonaria uma mulher que o detestaria a tal ponto de ter a meta de perturbar sua vida tão necessária como o ar que respirava.

A mestra acabaria por incorporar imagem de má como as vilãs das novelas brasileiras, rainha má dos contos de fadas. Exagero à parte, o ódio será o impulso elétrico a mover seus neurônios. O malfadado amor podia até atrapalhar sua carreira acadêmica.

CAPÍTULO NOVE

A Lanchonete

Pouco antes de a mãe subir ao quarto, em busca de consolar o marido, Diana, meio sem jeito e nitidamente abalada devido à discussão travada com a Sra. Fiorini, resolveu pegar o carro. Daria uma volta. Queria espairecer.

Logo hoje que havia tirado o dia de domingo para curtir os pais. Havia o transparente desejo de desfazer as opiniões contrárias em relação a seu caso com o doutor Armindo. Mas nada de fissurar. Por ter esclarecido alguns pontos e se mostrado solícita aos pais, acreditava que fizera sua parte.

Tudo saiu errado. Droga, Diana reclamava.

O carro em movimento e percorridos consideráveis quarteirões de casa, os pensamentos incômodos a acompanhavam. Afastada do condomínio fechado, guiava pelas ruas de Ribeirão.

O itinerário surgiu de última hora. Optou por uma lanchonete e que fosse bem frequentada. Diana procurou lugar para estacionar. Domingo à tarde era mais fácil achar vaga nessa parte da cidade. O tumulto acontece nas noites de quinta a sábado.

Parou na lanchonete MISTO QUENTE. Fazia um par de meses que não dava as caras no velho ponto. Nos tempos de adolescente, conhecia todo mundo, inclusive o dono. Na gloriosa época de "bichete", permanecia assídua.

Ao contrário do que vem ocorrendo nos últimos tempos, o pedaço era tipicamente dos jovens de Ribeirão, fosse porque o estudante recém-chegado na cidade sentia-se deslocado ou porque os jovens ribeirão-pretanos davam pouca importância ao status de alunos da USP, da UEP.

Hoje tudo mudou, a começar pelo dono. Sujeito barbudo, olhos pequenos, cabelos de hippie, compridos e encaracolados, presos com tira de pano, estilo rabo-de-cavalo. O rosto à moda escumadeira, vestígios de mocidade atormentada por espinhas. Vinha de Brasília, apesar de ser natural de Alagoas. A simpatia no atendimento aos clientes que Maciel exibe com graciosidade estava longe de traço natural. Essa boa atenção, Maciel desenvolveu ao longo de vinte e nove anos, como costuma comentar, esfregando a pança atrás de um balcão.

Diana mirou a mesa ideal, num canto escondido e aconchegante. Para lá se dirigiu. Duvidava que conhecidos aparecessem, mas prevenir é melhor que remediar. Ribeirão está longe de ser metrópole e era sua cidade natal. Quem é que está livre de um *oi, tudo bem*, ou *ah, você aqui?*

_ A moça vai querer o quê? – o atendente manhoso, como todos os atendentes diante de mulher bonita e sem dono a tiracolo, veio pegar o pedido.

_ Uma coca-cola e porção de batatas fritas.

_ Só?

_ Por enquanto.

Uma careta escapa do rosto do rapaz, sem que a cliente perceba. Coca-cola com batata frita... Que coisa sem graça, tradução da careta.

O desapontamento do atendente é antes financeiro que gastronômico. A comissão é menor quando casais ou solteiros aboletam-se durante horas numa cadeira da lanchonete para somente ingerirem refrigerante acompanhado de salgadinho. A cerveja ou outras bebidas alcoólicas são duplamente convenientes: mais caras do que refrigerante e quanto mais se bebe mais se quer beber. A cachaça deixa as pessoas mais generosas, dão mais caixinhas, certa vez ouviu de um veterano. E teve oportunidade de comprovar inúmeras vezes a generosidade de clientes.

Indiferente e nem aí para o rancor lucrativo do garçom, Diana mexia na bolsa com frenesi. Estava atrás do celular. Apanhou o aparelho. Faz quatro meses que o pai a havia presenteado. Teclou e ouviu o chamado.

_ Pronto, aqui é o Armindo.

_ Sou eu.

_ Reconheci a voz. Te esperava.

Diana ficou sem entender. Como esperava, se Armindo quem pediu para ela não ligar no domingo? Iria passar o fim de semana com a família. Precisava pôr os negócios em ordem com a esposa. Mas a universitária não resistiu, furou o compromisso imposto.

De repente, entendeu tudo. Mais uma das armações de Armindo para manter a ilusão da esposa quanto à fidelidade conjugal. Só que nem o marido nem a esposa se enganavam quanto à fidelidade duvidosa.

Anita sabia que Armindo dava seus pulos.

De qualquer modo, o sigilo torna-se necessário à medida que nem ele nem ela gostariam que os filhos percebessem, sequer desconfiassem de tramas extraconjugais, evitando perturbar a boa ordem da família Souza.

Acostumada ao estilo de pessoa zelosa, Anita parou de cutucar as suspeitas que assombram milhares de esposas que nunca deixam de conservar um pé atrás, sempre de olho na conduta do sujeito que lhe jura amor.

Fosse durante ou após o adultério, acabava por descobrir cada aventura do marido. No início do casamento, ainda tentou imitar o que boa parte das mulheres faz quando não querem, em hipótese alguma, permitir que seu macho durma em cama alienígena: os ataques de ciúmes. De nada adiantou. Ele se rebelou. Ela cedeu.

A esposa, os dois filhos e o doutor, alojados na sala de estar, assistiam a um filme alugado.

Do caso com a quartanista de Medicina, a Sr³. Souza nada suspeitava. A desconfiança de se tratar de mais uma falta do marido vinha em consequência das anteriores. Na UEP de Ribeirão, contabilizou duas até o momento. Sem dúvida, a grande porretada veio quando, por causa duma amante escandalosa, tiveram que abandonar a cidade que passaram anos e literalmente fugir para Ribeirão.

O ser humano tem a capacidade de se adaptar a situações mais extravagantes. Falar em adaptação voluntária pressupõe admitir grande poder de racionalizar a situação desagradável, tornando-a ao menos tolerável. No caso de tolerar a traição conjugal, fica mais compreensível quando exista dependência econômica em relação ao cônjuge adúltero.

Uma pessoa que se sabe traída, e permanece ao lado do adúltero, com certeza desenvolve um quê de resistência à ideia de estar sendo humilhada. Do contrário, daria um pé na bunda do sujeito.

De tanto o caso se repetir, Anita passou a considerar as escapadas do marido como doença.

Por que não o abandonou? Um dos motivos conscientes: tachou de doença a necessidade de o marido variar o cardápio. Via uma tara sexual. E buscou compreendê-lo.

Se ela está junto a ele é porque o ama. Acredita que quando o doutor estiver curado, será o marido perfeito.

Fora a tara mulherenga, Anita o considerava bom, sensível, educado e inteligente. Gentil, nunca erguia a voz. Faz todas as vontades da companheira e quando não cumpre um dos desejos da esposa faz questão de se justificar.

Na opinião da esposa, homem algum acompanha e cuida da educação dos filhos com maior zelo. Como poderia esquecer a época dos bebês? Armindo fazia a mamadeira, trocava as fraldas.

Poupava a esposa de todo o trabalho pesado nos sábados, domingos e feriados, dias de folga da empregada doméstica. Fazia o papel de babá com prazer quando havia necessidade.

As amigas e os parentes apontavam o Sr. Doutor Armindo de Souza como exemplar no quesito pai. Longe de ser escravo dos filhos. Ensinava-os como julgava acertado. Nem os carinhosos discursos longos, nem uns tapas ou colocar de castigo faltavam em seu repertório de doutrina paterna.

O mundo é assim: a gente aprende por bem ou por mal, dava-se ao direito aos chavões.

Entre Armindo e Diana havia o acordo de não despertar suspeita na Anita. Calhando de ela ligar para o celular dele, e ele sinalizasse que estaria numa situação delicada, concordaram que o melhor seria desligar. Tudo certo e acordado? Nem tanto. Os amantes apaixonados sentem-se angustiados diante de qualquer obstáculo que tolha o contato. E aí o acordo vai para o espaço. Muitas vezes cansam de bancar o bonzinho e querem prova de que são correspondidos em seu amor. Desejam que o amado jogue tudo para o alto e escolha sua companhia.

_ Te liguei... Queria te ver hoje. Sei que não é dia apropriado, mas...

Estava meio desconcertada. A confusão em casa a deixou sem rumo.

_ Ah, sim, o encontro de Neurologia em Belo Horizonte. Sei... Você está com a ficha de inscrição?

O marido, antes sentado na poltrona, levantou-se e caminhou para um canto da sala de estar. No local onde se acomodou, podia ouvir com facilidade a voz de Diana e fazer-se ouvir pela própria esposa, sem ter o barulho da tevê atrapalhando.

_ Quer que eu vá hoje aí?

Houve um movimento de cabeça da mulher em sua direção. Desajeitada pela posição, fitou-o com uma expressão repreensiva que dizia nem pense em nos deixar sozinhos agora. Ele, tranquilão, piscou para a Sra. Souza.

Deu risada para que o suposto sujeito na linha percebesse a indisposição em sair de casa e furar o dia sagrado de assistir filme com a família. A intenção da risada ia mais longe. Queria impressionar Anita, reforçando a ideia de que a amava de modo único, que ela era insubstituível.

A cena teve duplo efeito. Encantou a esposa e magoou a amante.

_ Meu chapa, vai me perdoar, mas não posso deixar sozinhos os anjos que vejo à minha frente. Amanhã ou na quarta a gente se fala.

_ Ahn...

_ Entenda, são as raras recordações agradáveis que terão de mim quando eu não mais existir. Quando você tiver filhos, verá que nessa idade, antes de entrar na aborrecência, são umas gracinhas. Então, poderá fazer este favor?

_ Qual? – Diana perguntou.

_ A partir de amanhã, levar as fichas de inscrição na faculdade ou no meu consultório?

_ Claro.

_ Sabia que contaria com sua compreensão. Um abraço e até mais ver.

Desligou.

O aparelho ainda dava sinal de ligação cancelada, quando Diana despertou do torpor e pressionou o *off*. Fixou o olhar na intacta batata frita, que àquela altura estaria morna. O líquido da garrafa é que estava pela metade. Bebericava enquanto falava ao fone.

_ Isso é o cúmulo do absurdo. Desligar na minha cara. Nem perguntar por que eu liguei.

Situações como essas parecem divertidas no início, por serem inusitadas. Mas logo acabam irritando. A pessoa se sente objeto. E se pertencer a uma filosofia humanista, o desconforto cala o amor-próprio e considera desprezíveis suas atitudes. O sentimento de culpa pelo mal causado a outrem invade consciência e desnorteia.

"Não é todo o dia que se quer brincar de esconde-esconde, ouvir risos idiotas, piadas fingidas," Diana desabafa consigo. "Nem ter o telefone desligado na cara. Imagina se tenho problema realmente sério e aí me deparo com situação desse tipo."

Estava abalada.

É prova certeira de que o relacionamento fraquejava. Pouco importa que se trate de caso que deva esconder. Chega o momento que toda dissimulação enche a paciência. A mais baixa relação não suporta tamanha indiferença. A parte que se sente lesada soltará os cachorros como olha, eu estou aqui, exijo respeito, se está comigo, vai ter que me assumir.

Diana está com um pé nesse no esgotamento. A paciência mingua. Não consegue disfarçar os desgostos.

_ O que eu estou fazendo ao lado desse cara? Eu não preciso disso. Sou jovem... Não me vejo como patinho feio. Tenho independência financeira. Para que ficar ao lado desse enrolado?

A consciência dava as estocadas. A raiva transbordou mais por Diana se ver privada do ombro do companheiro quando escolheu para se lamentar. Que mulher tolera isso? Poucas. Cada gênero tem sua limitação. A mulher aguenta parto, cólica menstrual, mas a indiferença do macho é o limite. Do jeito que a coisa ia, não daria certo, pensou Diana.

Pensar que magoara os pais por causa de um sujeito que pouco dava importância para os sentimentos dela, é que redobrava o desapontamento.

O humor do Sr. Fiorini nunca foi brincalhão, expansivo. Porém, não é do tipo que gosta de recriminar. Figura como excelente pai na opinião da Diana. Os mimos eram comedidos;

somente os mais elementares, que todo filho único recebe dos pais corujas.

Mais uma vez a universitária se perguntava que futuro teria ao lado desse sujeito? Ao lado dessa pessoa que quando não estava a fim de transar nem ligava para ela. E quando ela decidia telefonar, ele dava desculpas de compromisso com a mulher, ou com os colegas de profissão.

Estava disposta a pôr ponto final na humilhação. Que o sujeito não quisesse assumi-la, por enquanto, perante a esposa, compreendia; agora, ser vítima de indiferença, de molecada, nem pensar.

_ Eu não preciso disso – referia-se a ser carente. – Se estou com ele é só porque penso que o amo.

Modéstia à parte, a quartanista não falta com a verdade quando afirma que está com o malandro mais por amor que por qualquer outro motivo.

Por sua vez, o professor não a valoriza. Apesar de mulherengo, Armindo apresenta pouca destreza sensitiva. Ir para cama com muita gente não resultou em habilidade para conservar a relação. Antes, é como a criança que desperdiça a guloseima após uma dentada por saber que tem várias outras a seu dispor.

Diana nada tem de pacata. Havia tempos que queria firmar relação séria, namoro firme, casamento. Muito antes de ela deparar-se com o doutor. E parte dessa motivação a levou aos braços do Don Juan de Ribeirão Preto.

Diana cativa com o papo agradável, corpo bonito, educação e carisma. É pessoa recatada, evita vulgaridades e está fora do estilo namoradeira. Traços esses valorizados pelos homens que estão à caça de uma relação séria. Mesmo entre os universitários, há a arcaica opinião de que quanto menor a quilometragem da mulher mais adequada para casar.

Se a ideia de formar um casal é sadia, o problema de Diana foi esbarrar com a pessoa errada.

Paciência. A coisa não saiu conforme o planejado.

O desejo de Diana era conhecer homem que exibisse reciprocidade de estilo. Médico, recatado, romântico, gentil, e, sobretudo, poucos quilômetros rodados. Caso ainda fosse universitário: dedicado aos estudos e com ambição profissional.

Armindo atraiu a atenção de Diana, mas é uma cilada.

Como não o conhecia além da aparência, fácil se fascinar pela carreira médica bem-sucedida. Tivera méritos para ser professor, uma vez que poucos médicos dão aula numa renomada universidade como a UEP.

Como aluna empenhada pelos estudos, Diana acabou vendo no mestre o modelo a seguir. Passou a admirá-lo quando ele comentava os casos mais complicados que manejou durante os anos de prática médica.

Fiorini encantou-se com o garbo, a graciosidade que o médico, seguro de si, mas sem presunção, exibia com naturalidade.

O porte físico do médico igualmente o favoreceu aos olhos da universitária.

Como todo ser vivo que se deixa fisgar pelo que seus olhos admiram, o ser humano volta e meia se mete em apuros por causa da sua queda pela beleza. Diana foi encantada por Armindo, ao ter passado a impressão de par perfeito.

Cismou em desposar profissional da saúde porque acredita que outro não a entenderia melhor. A começar pelo temor de se podada no tempo que a dedicação aos pacientes, plantões e à carreira pudesse demandar quando estivesse exercendo a profissão.

Vivia ouvindo a mãe, o pai, parentes, comentarem que parceiros de área diferente raramente se entendem. Os plantões e saídas de emergência, a qualquer hora, de casa para socorrer pacientes sendo causas de ciúmes no casal cujo cônjuge seja alheio às exigências médicas.

A prima Rafaela Fiorini contou o caso do Ricardo de José da Silva, conceituado psicólogo e escritor, que rodava as cidades, escrevendo e dando palestra. Velho amigo seu, estudaram juntos em Bauru. Tinha grana, fama, mas era solteirão. As mulheres com que se deparou não aceitavam por muito tempo a tamanha dedicação à causa da Psicologia.

_ Por que ele não consegue conservar relacionamento sério?

_ Deve ser difícil.

_ Deve não, é. Ricardo consentiu em perder alguns casos em nome da profissão, das viagens. Quando achou uma que o seguia nas sucessivas viagens, ela se rebelou contra a necessidade de Ricardo dedicar aos estudos e a escrever.

_ Entendo o lado dela. Deve ter sido confuso.

_ Claro. Afinal, tudo isso leva tempo. A mulher que não estiver bem resolvida manda o cara passear.

_ Foi isso que ela fez.

_ É. Por isso que penso que temos que nos ligar a uma pessoa que respeite nossa profissão. É duro, mas pessoas como nós, que levam a sério a realização na carreira, desejam tanto um bom casamento quanto ter êxito na profissão. Imagina se eu não tivesse encontrado o Leo. Tá, ele é engenheiro. Apesar de outra área, é compreensivo, me considera. Mas isso não impede de às vezes exibir preconceitos para com a área da saúde mental. Na sua cabeça a utilidade dos psicólogos ainda está confusa.

_ Compreendo. Na Medicina, o psiquiatra vive se debatendo com as demais áreas. Quem não rasga o ser humano e não tira barris de sangue, costuma levar pouco crédito na nossa área. O psiquiatra que não lança mão de medicação, dos termos neurológicos, acaba subjugado.

_ Depois de tanto apanhar na turma da Medicina, o psiquiatra reproduz o estigma, desvalorizando o trabalho do psicólogo...

As duas amigas deram um tempo. Melhor respirar, tomar fôlego diante do desabafo.

_ Isto é discussão longa – retomou Rafaela –, o que importa é que até o Leo pisa na bola. O que o diferencia é que trabalha na área de Segurança do Trabalho. Às vezes, chega todo atrapalhado e me pede conselho, mesmo que depois venha dizer que não deu resultado.

_ Pode acontecer de um casal de terapeutas superconceituado, bem-sucedido na profissão demonstrar incapacidade de viver sob o mesmo teto, não é?

_ Claro. Aí o problema é, como se diz no senso comum, de incompatibilidade de gênio.

Diana encontrou em Armindo a primeira qualidade, a de companheiro de área. O racional caminhou até aí e empacou.

Dali para frente seguiu às cegas. Do contrário, seu juízo jamais aceitaria que se envolvesse com um sujeito casado. Ainda mais que a intenção dele, não declarada, seria de permanecer casado, desde que mantivesse a variedade nos relacionamentos.

Pagou a conta. Nem esperou o garçom trazer o troco. Saiu confusa e apressada.

O garçom, que fingiu tentar alcançá-la, sorriu quando Diana, depois de fazer a manobra com o carro, seguiu adiante, rumo à avenida. Ufa, pensei que nesse domingo não teria gorjeta. Enfiou a grana no bolso, virando-se nos calcanhares, em direção à mesa cujos ocupantes famintos e histéricos, acenavam, assobiavam, requerendo atendimento.

Dirigia atordoada.

As interrogações não davam folga. Apesar do desespero, estava abaixo dos oitenta km/h, mostrando que nem toda pessoa que sofre segue o inconsequente impulso de ultrapassar o limite de velocidade.

Mas acabou cometendo imprudência. Nervosa, viu a impaciência conduzir a mão direita, que apanhou o celular, enquanto a esquerda segura o volante.

Discou mais uma vez.

_ Alô... Quem fala é o doutor Armindo?

_ Sim...

_ Liguei para avisar que não vou te levar a ficha de inscrição... Nem quero mais te ver. Para mim, acabou. Espero que curta o filme com teus filhos, divirta-se com sua mulher. Obrigado por ter cruzado o meu caminho. Além de ter experimentado momentos bons, paguei várias causas negativas. Sem querer, me ajudou a abrandar meu carma. Tchau. Nunca mais te ligarei.

_ Espere.

_ Tchau – Diana desligou abruptamente.

O semáforo à frente. Sinal vermelho. A freada brusca não evitou que colidisse com a traseira do Monza 86, vermelho SL.

_ E mais essa! – disse, quando percebeu a batida.

Um homem, quarentão, sai do carro. Estatura inferior a 1,60 m. Camisa parcialmente desabotoada, o suficiente para o peito ser exposto. Brega, na opinião de Diana O estilo de vestimenta é de quem migrou de vilarejo nordestino. Ainda que super-humana, não daria para aceitar padrão tão destoante da classe que ela nasceu e pertence.

O sujeito fecha a porta do veículo. Desfila em direção à traseira, cuja mão desliza ora pelo rosto ora pelo cabelo. A expressão própria de pessoa que se julga amparada pela razão de que a imprudência alheia lhe causou grande prejuízo. Caminha lentamente. E, agora, são as duas mãos que descem do couro cabeludo, deslizando pela fronte, pelos olhos, parando um instante no queixo, para caírem paralelas à cintura.

Simplório sobrevivente, cuja fonte de renda é a mercearia que mantém no bairro periférico de Ribeirão Preto. Conseguiu alcançar o próprio negócio, não sem imensuráveis dificuldades. Oriundo do sertão da Paraíba. Veio para o Estado de São Paulo em busca, primeiro, de dignidade para viver. Com menos mosquitos e pernilongos. Menos farinha. Mais arroz, feijão e carne. Menos poeira. Mais asfalto. Trouxe esposa e os seis filhos. Hoje, passados vinte anos da sofrida chegada, desfila com seu Monza 86. O adquiriu há dois meses. Mas não é o primeiro carro. O primeiro, o Corcel 72. O segundo, Fusca 76. O quarto, um Passat 79. O Monza trouxe mais conforto e orgulho.

Coçava a cabeça na região que havia princípio de calvície. A enorme barriga de chope, de farinha ou mistura de ambos, caía sobre a calça. A camisa florida e de cores múltiplas, estilo anos setenta, apertada, dava a impressão de que arrebentaria. Conservava a expressão de prejudicado. Porém, esperava que a madame saísse do carro e tomasse providências. Se mostra mais educado que certos paulistas estouradões, que ao menor arranhão no automóvel é motivo para vomitar palavrões, quando não agredir fisicamente.

_ Nem dois meses, e me batem o carro, assim tô lascado.

Diana contou até dez, respirou fundo e saiu. Enxergou em Raimundo o que ele realmente era, simples, embora com pose de macho, tradução um pouco mais modesta do exibicionismo carioca e paulistano.

A universitária rapidamente tomou a iniciativa, pois o homem não parava de olhar a lanterna esquerda quebrada, como se fosse o próprio braço esmagado por um trator. É a prova de que o nordestino, na convivência, pode abandonar suas raízes.

_ Moço, este é o meu cartão – e o entregou para o sujeito.

_ Hum – se limitava a olhar para o cartão.

_ A conta – continuou Diana – sai uns cem reais, mão-de-obra e tudo. Vou passar um cheque. Caso for mais, o senhor mande o mecânico em minha casa. Meu pai entende melhor desse assunto do que eu. Mas antes o ideal é fazer o Boletim de Ocorrência. Depois, eu lhe dou a grana.

Duas horas mais tarde, Diana estava de volta à garagem de sua casa. Ir a uma delegacia para um simples BO, que complicação! Imagina se a situação fosse mais grave. Encheria a paciência.

A mãe estava na camisola de cetim branco, quando Diana entrou em casa.

_ Chegou cedo... – disse a Sra. Fiorini, um pouco sem graça por ter repreendido a filha hoje à tarde. Não que nunca havia passado um sermão, como toda mãe, mas sabia que o assunto exige mais delicadeza. Imagina o quanto sofria Diana, impotente diante da situação. Sem contar que os pais saem mais machucados quando contrariam a filha única.

_ Nada... Atrasei duas horas.

_ Ah!

_ Bati o carro.

Houve alarme da parte de dona Thereza. Queria porque queria saber como havia sido o acidente. Nem faltou a repreensão.

_ Por que não telefonou?

_ Para quê, mãe? Privá-los do merecido descanso de domingo por causa de uma coisa que eu resolvi rápido.

_ Família é para isso... Socorrer quando se precisa.

_ Tudo bem. Desculpe por não ter avisado. Ah, por falar nisso, alguém ligou para mim?

_ E como! O tal do Armindo – Thereza não pôde evitar gesto de rancor.

Diana ficou sem o que dizer.

_ Três vezes – enfatizou a mãe –, e em todas pediu que você entrasse em contato assim que chegasse. Disse que tentou seu celular e nada. O celular está com algum problema?

_ Não. Eu é que não quis atender. Acabei tudo.

A satisfação estampou-se no rosto da diretora de escola.

A experiência, porém, a ensinou que nem tudo que reluz é ouro.

A mãe procurou controlar a agradável sensação. Queria sair abraçando a estudante. Subir as escadas carregando Diana até o pai. E pular, abraçada aos dois. Mas era prudente. Vai que daqui a algum tempo, Fiorini vire a cabeça e se atire nos braços do pilantra novamente.

Thereza aguardaria. Faria o possível para fortalecer na filha a resistência contra a paixão que só fazia mal para jovem.

_ Por que diz isso minha filha?

_ Por que mamãe? Me cansei de bancar a tonta. Não preciso disso... Quero alguém que não seja casado nem que se lembre de mim quando está a fim de brincar. Se me dissessem que isto um dia ia acontecer comigo, eu não levaria fé. Como pude me envolver com esse cretino? Fazer papel de idiota. O sujeito me desprezando, me pondo de lado... Não, eu estou fora.

As lágrimas vieram, como sempre vêm, com exceção às dos atores, expressando sentimento opressor. Lágrimas compõem o champanha da alma, despejado pelos olhos, e muitas vezes bebido, aos soluços, pela garganta seca.

_ Seu pai e eu queremos o melhor para você. Nunca aprovamos um relacionamento como este. Você sabe que não é por moralismo. É que sujeito enrolado assim só quer aprontar. Nada de levar algo a sério. Você é bem crescida, conhece o certo e o errado. Mas se precisar, pode contar com nosso apoio para o que quiser.

_ Obrigada.

Diana deu um beijo na testa da mãe e um abraço apertado.

_ Se ele ligar o que é que eu digo? – perguntou a mãe quando a filha, rumo ao quarto, atingia metade dos degraus da escada.

_ Peça para me esquecer. Que se ele for meu amigo de verdade, se tiver caráter, aceitará minha opção e me deixará em paz.

Antes de dormir, Diana tomou banho quente. Desceu à cozinha para apanhar copo de vitamina e bisnaguinhas sortidas com presunto e queijo. Encerrada a pequena refeição, retornou ao quarto e embalou no sono.

Amanhã, segunda-feira, dia de recomeçar a rotina. Aula o dia inteiro. Suportar o professor x da matéria y. Dureza. Ainda que se ame o curso superior escolhido, a fadiga face às obrigações escolares é marca registrada da condição de universitário.

No quarto ao lado esquerdo, dona Fiorini viajava no mundo dos sonhos, há uns bons trinta minutos.

CAPÍTULO DEZ

Revolta Amada

A preocupação que dona Rosemary, funcionária da faculdade de Medicina e amiga da família Fiorini, passou a cultivar em relação ao caso entre o Dr. Armindo e a aluna Diana Fiorini, sabe lá como, ainda não tinha chegado aos ouvidos do pai.

Muitos, maliciosos, diziam que era porque as obrigações trabalhistas, a dedicação incomum à carreira de contador-chefe, vedava os olhos ao que se passava ao redor. Tudo que não dissesse respeito às funções de Tesouraria da UEP tinha pouco ou nenhum interesse. Parecia que estava incluído o desleixo, a desatenção com a própria família.

Acima dos cochichos, o que justificava o aparente desinteresse é que o Sr. Vicente abria mão do tradicionalismo, da danosa hipocrisia. Focava no puro amor paterno. O Sr. Fiorini abdicara de vigiar, de se intrometer no que a filha quisesse fazer, logo que atingiu a maioridade. Sem o saber, abominava a atitude de tratar a filha como gatinha indefesa, que precisa ter todos os passos vigiados. Acreditava que a responsabilidade vinha só com a liberdade.

A preocupação com os passos da filha beirava à negligência. Desde que não entendesse que corria risco. Claro que mal nenhum permitiria que ocorresse a ela. Antes, derramaria o próprio sangue para defendê-la.

Confia na filha. Odeia os bobos, que atrás do escudo de pai, tiranizam as meninas, impondo opressor padrão moral. Padrão este que eles mesmos sequer pensam duas vezes antes de quebrar numa cantada ou olhadela sensual à menina de dezesseis anos que passa pela rua e que lhe atraia os instintos.

"Que se lasquem os hipócritas, minha filha sabe o que faz", palavras que, embora nunca tivessem pairado em seus lábios, no fundo direcionava o modo de lidar com a emancipação de Diana.

Amava-a muito para se permitir lhe perturbar o sossego. Compreendia que, quando comparada ao perfil juvenil dos anos noventa, Diana seria uma das mais reservadas.

Pouco sai. Raramente aparecia agarrada a um ficante. Vivia para estudar.

Adentrou num dos cursos de Medicina mais concorridos do país, logo que terminou o colegial. Quer mais prova de dedicação aos estudos?

Nunca chegou de madrugada em casa, comportamento mais que típico na vida dos estudantes que o Sr. Vicente Fiorini conhecera durante os anos de trabalho na UEP.

O que nem dona Rosimeire nem todos os outros contavam é que Vicente sabia que Diana mantinha o caso com o médico.

A fisionomia de pessoa compenetrada, os óculos seguros pelo nariz avantajado. Sempre mirando o papel ou teclando a máquina de calcular. A expressão séria disfarçava bem. Quem não se espantaria se soubesse que naquele sujeito, descontada a teimosia com o futebol, residia uma perspicaz atenção? Conhecia os pontos fracos, os defeitos de muita gente. Enxergava longe tanto as atitudes corretas quanto às mínimas corrupções. Distinguia através da fala, do traquejo, os que causariam problemas ou nele estariam envolvidos.

Sabia que o caso da filha com Armindo podia dar encrenca.

Primeiro, a fama do moço estava bem emporcalhada. E quem estivesse com ele, se sujaria. Seria uma barra bater boca com subordinados que se engraçassem, tocando no assunto, falando o que ele não suportaria ouvir sobre a própria filha.

Considerando-se moderno, acreditando que os tempos atuais exigem mais flexibilidade, mais conversa, não hesitaria em enfiar a mão nas fuças de quem viesse pôr seus brios de pai à prova.

De qualquer maneira, Vicente tinha certeza de que boa parte do pessoal estava ciente do assunto. O caso estava para completar três meses. E se nada comentavam na sua presença, devia-se ao respeito que ainda conseguia inspirar.

Forçoso confessar, mas o senhor Vicente não escondeu o dissabor quando a esposa, na hora do almoço, há dois meses, deu a notícia de que a filha namorava um doutor, chamado Armindo.

_ Mas logo com aquele sujeitinho? – baixou a colher com o pedaço de mousse de maracujá que levava à boca. Estava decepcionado.

_ E o que tem isso querido? – a Sra. Fiorini, desconhecendo a fama do professor, mostrava-se surpresa com a atitude de Vicente. Tudo bem que ela mesma ficou indignada quando Diana falou que o sujeito era casado.

_ Nem queira saber, filha...

Desfiou o rosário dos falatórios sobre o Dr. Armindo de Souza.

_ Mulherengo de marca maior – meneava a cabeça, com olhos fixos no prato de sobremesa. O mousse pela metade. Faltou ânimo para ingerir sequer mais um pedaço. A notícia havia tirado o apetite.

A situação se mostrou mais séria às vistas de dona Thereza. Não só porque o marido exibia a expressão de profundo pesar. O que deu dica que o assunto era delicado foi a simples atitude de deixar o prato com mais da metade da sobremesa preferida. Nem quando das vezes que esteve ardendo em febre, dias críticos que sumiu a vontade de comer com voracidade, recusaria o mousse de maracujá. Tolerava-o quente, sem passar o devido tempo na geladeira. E repetia, como repetia, a porção. Beirava a gula.

Assistiu o marido levantar-se, caminhar pesadamente rumo à sala de estar e lá, afundar-se na poltrona. Insistia na postura pensativa, preocupada.

Thereza começava a temer. Conhecendo o marido como esposa, amiga, companheira de anos, podia conhecer, sabia que o que mais perturbava o marido se limitava à repercussão que o caso podia gerar no ambiente de trabalho.

Amava a filha, e não seria tão egoísta de olhar somente o próprio umbigo. Tomaria providências, na medida do possível, se o namoro complicasse a vida de Diana.

O que não daria para fazer era tapar o sol com a peneira. Temia que colegas de trabalho passassem a comentar o assunto.

CAPÍTULO ONZE

Resistência Detonada

S e o pai estava desapontado, o mesmo sentimento não dá para exigir de Diana Fiorini. Nunca esteve tão para cima. Hesitou muito em assumir a felicidade. Temia cara feia das críticas. Mas desprendeu-se dos próprios fantasmas, e resolveu aproveitar. Passou a respirar melhor. Daí para saborear a maravilhosa sensação perceptível somente aos sentidos do apaixonado foi um pulo.

E imaginar a agitação do início, em meados de maio. A cruel dúvida. Estaria fazendo a coisa correta? Como perturbava. Grande conflito que o Dr. Armindo de Souza impôs à sua cabecinha logo de saída.

O conflito atormentava com duas situações afiadas.

A primeira, ficando ao lado do doutor pratica o adultério, atitude imprópria em sua opinião. Ajudaria a destruir um lar e traumatizar a esposa e os filhos pequenos? Isso machuca a essência humanista, golpeia o coração budista. A ação beirava a uma antirrevolução humana. Seria atitude contrária ao kosserufo, pois para haver paz no mundo, deve existir primeiro na família unida. E o adultério detona a união desta família.

A segunda, dar vazão ao mais puro sentimento que ardia dentro do peito. Se enroscar nos braços do amado. Fechar os olhos para as atitudes adúlteras. Tampar os ouvidos às repreensões impiedosas da consciência. Entre as pessoas sensíveis, a crítica que vem da própria mente pesa e queima mais que qualquer outra.

Agosto.

Passados três meses da primeira noite que professor e aluna saíram, e da advertência que ganhou da prima, tudo leva a crer que Diana estava menos apreensiva. Por quê? Todo tumulto interior se reduzirá com o tempo para preservar a sanidade mental da pessoa, é o que se chama adaptar-se a uma situação complicada. De outro lado, por ainda não ter tido choque de realidade: a esposa lesada não a parou na rua para protestar. Tampouco a Sra. Fiorini nem o pai chamaram sua atenção.

Resolveu deixar velado o relacionamento, sem chegar a ponto de negar ou disfarçar as saídas. Evitava fazer alarde.

Mas quem não notaria a mudança nos períodos de junho e julho, época de férias? Antes do caso, costumava ir para Santos, ficar na casa dos tios. Nessas últimas, optou em permanecer em Ribeirão.

O namoro limitava-se à rotina dos amantes. Cada encontro sendo uma batalha, por ser às escondidas. Raro curtirem um sábado à noite. Até junho, os encontros aconteciam num restaurante, fora ou dentro do campus. Embora muitos na UEP apostassem que, dos cochichos a dois, das horas passadas juntos, das conversas regulares no intervalo das aulas, haveria algo mais que simples amizade, ninguém poderia afirmar. Faltava beijo, aperto de mão, frase mais atirada que os denunciassem. Escapavam do flagrante.

Se a fria dissimulação era uma das especialidades do professor garanhão, o mesmo comportamento não se podia dizer de Diana. Cada dia pipocava insegurança, dessas que abatem a mulher, namorada ou esposa, quando o parceiro só anda de mãos dadas após ela muito reclamar ou insistir, como se ele se recusasse a assumi-la.

Armindo competia com o robô. Sequer consumia um minuto fitando-a nos olhos, quanto mais beijá-la ou fazer o agrado de tocar sua mão. Para servir de consolo, esse comportamento arredio tinha vez somente em público, sob a alegação de que precisavam manter segredo.

Em quatro paredes, a coisa mudava de figura.

Longe de Ribeirão Preto, em motel, hotel, ou dentro do carro, a temperatura subia. Diana descobriu a utilidade para os amantes das chamadas cidades-dormitório. Havia noites que passavam, por exemplo, em Bebedouros, e no dia seguinte, de manhãzinha, retornavam para casa.

Era delicado, gentil, respeitoso, mas um tarado de mão cheia.

Nos contatos com mulheres, tinha plena certeza de que a fêmea apaixonada, egoísta, quando o impulsivo de posse nutrido pela paixão ocidental, paixão exclusiva, a dominasse um dia daria um basta à situação de amante. Ao lutar para assumir o posto de oficial, Diana cairia na real quando ele esgotasse as desculpas para dissuadi-la da ideia, correta para pessoas que se amam, mas inoportuna a quem resiste a se prender.

Diana empreenderá o conjunto de chantagem emocional, ameaças sentimentais, delírios amorosos de querer e jurar que desaparecerá da face da Terra, que entrará para o convento, que mudará de cidade, que irá para a ponte que partiu.

Esgotado os recursos da chantagem emocional e constatada a indiferença do embrutecido, que não a ama, que está nem aí se ela ficar ou partir, o negócio é dar o fora. O coração vai se machucar, quebrando à moda norte-americana.

O fim de um relacionamento é tão doloroso como o começo é divertido.

Em casa, a pessoa abandonada chorará nos braços dos pais. Amigos e parentes costumam servir de bons ombros.

De todos os braços que podem lhe envolver, os mais frios e espinhosos serão os da solidão. Neles é onde se vê quão bobo se é e se foi. É-se por chorar por um caso perdido. Foi-se por nele se ter metido. As lágrimas torrenciais virão torrencial quando, no quarto, sentir-se solitária.

Apesar de firme como um prego na rocha em permanecer na teimosa atitude de conquistador, às vezes, Armindo condoía-se diante do sofrimento das mulheres abandonadas. Até as bem decididas e fortes desabavam.

"Que fazer! Todo começo tem um fim," pensa o professor. "Nada é para sempre. Quem nasce deve ter ciência de que morrerá. Do contrário, não nasceria. Quem começa uma relação deve levar em conta que ela pode gerar sofrimento, é o risco que se corre. Elas deviam me agradecer. Dou prazer, passando por parte de seus tão mal vasculhados corpos. Ficam loucas. Confundem as coisas. Que culpa tenho que os homens que encontraram tenham sido tão incompetentes, tão estúpidos na arte de amar, mais preocupados com os clichês, mais exibidos, mais querendo prazer do que sabendo oferecer."

Os sentimentais que o perdoassem, mas ele era o que era. "Tem homem que nasce para uma mulher só, e eu admiro um cara assim. Mas eu não consigo ficar só com uma. Se eu tivesse que ficar amarrado a uma mulher única, talvez eu ficasse distante, apagado, deixando de achar graça no feminino, perdesse o prazer de ficar junto. Mas ter várias, me ajuda a valorizar cada uma. Minha função social é iniciá-las, e elas que se virem depois para arrumar um certinho para se amarrarem e constituir família."

Com esses conceitos "sábios", o doutor se acha no direito da prática adúltera. Prática contínua e cada vez mais rápida, instantânea, frenética.

Com seu apetite voraz, a necessidade de variar o cardápio de conquistas, é de se admirar, transcorridos três meses, ainda não ter se enjoado.

Ao contrário, até alimenta o caso em boa conta.

O motivo do milagre, mesmo que nosso sabichão não se atente, deve-se à resistência da moça.

Diana o frustrou na tirânica tara. Só no quesito 'ir para cama' levou dois meses. Para um homem habituado a devorar a presa no primeiro dia, o tempo foi uma eternidade. E olha que ele não poupou qualquer das munições. Lançara ataques que minam ou aniquilam pudores.

O quê? A garota ali, resistente. Isso mesmo.

_ Só me falta ser outra *Sônia*... De qualquer maneira não estou disposto a gastar meu tempo. Por mais que seja bonitinha, ou ela cede ou eu tiro o time de campo.

Incrementou o ataque. Beijar com mais intensidade. Evitar andar a pé. Permanecer mais dentro do carro, à luz fosca de lugares suspeitos, e favoráveis para uma rapidinha.

Dividida entre a torpeza da paixão e os soluços da excitação, a universitária resistia.

Queria ganhar tempo. Ver qual era a do sujeito. Certificar-se de que não seria mais uma na vida dele.

Se Diana estivesse na relação só pelo desejo de entrega, se fosse mais atirada, desencanada, apreciadora do ficar, já teria transado. O que a movia era algo diferente. Apaixonada, perseguia amor, par perfeito, relação duradoura. Queria se entregar quando se visse ou se considerasse correspondida.

Quando o professor finalmente detonou a resistência, Diana ainda assim conseguiu enxergar que o momento era propício. Que o tempo que estavam juntos justificava aquela celebração de corpos, sem cair na vulgaridade. Outro tanto, porque, ao ceder, havia a embutida esperança de que relação se tornasse mais gostosa e consistente.

Em sua cabeça, Diana entregou-se ao se achar correspondia em seu amor. Transou por imaginar que bastava o ato para selar a união.

Puro engano.

A segunda pessoa a ter conhecimento que Diana Fiorini estava namorando foi a mãe, a Sra. Thereza.

_ Com quem? – a pergunta veio natural, logo após a mãe, ao ouvir a boa nova, manifestar sincero prazer pela aparente alegria da filha.

_ Ele é da faculdade? – insistiu.

Fez malabarismo para não tocar no nome do Dr. Armindo de Souza.

Tinha, obviamente, receio de promover discussão. Já pensou se os pais soubessem que ela representava o papel de amante? Evitava comentar o assunto com mais ninguém além da prima.

A Sra. Fiorini tanto insistiu que não houve jeito. Como recuar? Aliás, se recuasse sacudiria uma toalha cheia de ácaros suspeitosos.

A mãe só sabia que a filha estava namorando.

_ Se é com alguém lá da faculdade... Deve ser colega de sala... – comentaria, mais tarde, no confessionário das quatro paredes do quarto, ao lado do marido.

_ Tomara... Essa menina precisa se apegar a alguém. Gente sozinha... Não sei.... Vive meio confusa. Torçamos para que seja rapaz que partilhe com ela o prazer de exercer a profissão, não seria bom?

_ Sim. Mas...?

_ Mas o quê?

_ Se for um funcionário?

Nisso o Sr. Vicente se incomodou entre os lençóis. O que dizia a sua mulher? Que sua filha pudesse se meter com funcionário? Ah, que péssima suposição.

_ O que acharia se fosse funcionário – dona Thereza, percebendo o incômodo do marido, voltou a bater na mesma tecla.

_ O que tenho que achar? Se for gente direita, trabalhadora e sem vício é erguer as mãos para o céu.

Minutos de silêncio reflexivos consumiram o pai. De repente, deixou escapar a inquietação.

_ Não, Diana não faria isto!

_ Fale. Faria o que homem?

_ Nada não. Pensei bobeira.

_ Se enrolar com um mau caráter, um desclassificado?

_ É por isso que tenho medo de pensar junto de ti. Duma maneira ou de outra, acaba adivinhando o que pensei.

_ Quem conhece você como eu, adivinharia que boa coisa não há quando fica com as marcas de expressão na testa, a fronte franzida. Você não me engana. Mas acredito que nossa filha tem muito juízo. Pouco provável que se envolva com pessoa tão diferente de seu nível.

_ Tomara que esteja certa.

_ Assim será... Agora apague o abajur... Amanhã é dia duro. Passarei, junto a outros diretores, um dia todo com a dirigente de ensino e supervisores.

Beijaram-se e cerraram os olhos. Era terça-feira. E, fora exceções, sexo, apesar de se amarem e respeitarem, somente ocorria nos fins de semana e feriados. De resto, a semana agitada, que sugava todas as energias, favorecia a usar a cama em busca do exclusivo sono, paraíso no qual repor as energias para as funções do dia seguinte.

A esposa apagou. Vicente é que permanecia enrolado nos devaneios.

Os instantes de silêncio serviram para atiçar o impaciente vírus da preocupação, que habita adormecida a consciência dos pais, e que só acorda quando se sente que a cria corre perigo.

Ia passando em revista os supostos partidos disponíveis. Professores, funcionários, todos entravam na consideração. Ingênuo, ou forçando ingenuidade, vasculhava os nomes dos solteiros.

Dr. Carvalho. Apesar do título, um garoto de 29 anos. Bonito e simpático. A julgar pelas multas que paga pelo atraso na entrega de livros na biblioteca, tanto durante a graduação quanto nos dias de hoje, deve viver com a cabeça na lua. Acredita que o rapaz não seja irresponsável. Se fosse, não estaria na condição de médico formado pela UEP, cursando o doutorado e com uma clínica em Bebedouros, a cidade natal.

Dr. Roberto Silva. Tem lá sua chance. Jeito meio embrutecido, de falar palavrão. Talvez espante as pretendentes à primeira vista. Mas é gentil. A Divina o critica pouco. No geral, o pessoal o tem como rapaz direito.

Riscava do mapa o paquera de Celita. O Dr. Amâncio não faz tipo de Diana. Não por ser negro. É por não fazer e pronto.

_ Mas quem será o sujeito?

A dúvida o cutucara durante dias, com insistência. Depois, acabou se diluindo. Sabia que mais cedo ou mais tarde pintaria o tipo à porta, se o caso vingasse. Parou de interrogar a esposa. Mesmo porque ela nada conseguiria arrancar da filha. Resolveu esperar.

Esse papo com a esposa foi tranquilo porque ainda não tinha chegado a seus ouvidos os cochichos do envolvimento de Diana com Armindo.

CAPÍTULO DOZE

Disfarce Escancarado

O relacionamento seguia. Almoçavam juntos com pouca frequência. Raramente se esbarravam. Evitavam aparecer em público um do lado do outro. Concluída a junção adúltera, o negócio era disfarçar o caso a todo custo. Quando dava, fingiam que mal se conheciam.

O disfarce, porém, seria insuficiente para enganar uma atenta observadora da vida alheia como a Divina. Ela sabia muito bem das artimanhas de quem quer esconder um romance, que quer viver secretamente ao lado de um amor clandestino.

_ É... – e lá estava ela, a Divina, com a língua mais divina ainda, a profetizar. Para ela as fofocas tinham um que de profecia. Ao lado das colegas de trabalho, soltava seus achados. – Aqueles dois estão grudados, e ninguém me convence do contrário.

_ Por que diz isso, mulher? – a Maria, do Protocolo, pergunta.

Divina, enquanto ajeitava a copa do Protocolo, aproveitava para prosear com Maria e Efigênia, da Correspondência.

_ Enganam os trouxas. Um mês atrás era aquele tititi entre os dois no restaurante, na hora do almoço, na lanchonete, no intervalo... Até no departamento, na sala dele, eu os vi 'batendo papo', quando acontecia de levar o cafezinho. Às vezes ficavam em pé no corredor, outras, dentro da sala, com a porta fechada. Claro, tudo estava nos conformes. Para todos os efeitos, ele estava atendendo a aluna.

_ Mas se é professor dela, que tem de mal atender a aluna? – Efigênia, cujo forte era fingir que não entendia o assunto, incentivava a fofoqueira detalhar a situação.

_ Só podia ser Efigênia – Maria ruminou, conhecendo a mania da amiga.

_ Nem todos contam com uma visão de raios X como a minha. Nisso sou especialista – Divina gracejou. – Ora, então de um dia para o outro, param de se expor, não se falam mais. Faz um século que não os vejo almoçarem nem lanchar juntos. A chapeuzinho vermelho deixou de entrar na sala do velho lobo. Não, aí tem coisa.

_ Vai ver se incomodaram com comentários maldosos e resolveram se afastar. Ter um caso é outra história – Efigênia observou.

_ Efigênia, às vezes você me espanta. Tanta ingenuidade! Quer prova do rolo? Preste atenção nos olhares quando se cruzam. Fingem indiferenças. Acreditam que estão passando despercebidos. Só se for para os tolos. Comigo não. Conheço o joguinho de cor e salteado. Na UEP, vi coisa que Deus duvida. Professores casados, respeitáveis doutores, se enroscando em banheiros vazios ou interditados. Secretária levando amasso de Diretor. Homem agarrando homem. Mulher se enroscando em mulher. Chefe de departamento se esfregando em aluna, ou em funcionária, na sala de reuniões. E por aí vai.

_ Se Divina quisesse, daria para escrever um livro com todos esses casos... – Maria incentivou.

_ Só um? – Efigênia procura superar os incentivos da colega. – Se eu fosse você entrava em contato com aquele escritor famoso. Vai que queira escrever as histórias. Aí, boba, você montava na grana.

_ Qual escritor? – Maria perguntou.

_ Por que não?

_ Que escritor o quê? Meu negócio é outro... Se eu escrevo o que sei, vou ter bastante sarna para me coçar. Me deixa quieta no meu canto.

_ Pena...

_ Talvez..., mas estou atrasada.

Divina interrompeu a prosa e voltou para a copa.

CAPÍTULO TREZE

Cartas Tortuosas

B ela tarde primaveril. Bem-merecida para quem enfrentou o dia todo um calor de arder o cérebro. Nisso Ribeirão é ímpar, quando esquenta, esquenta para valer. Que sufoco! Quanto não sofre aquele que é obrigado a permanecer durante horas, enfurnado num escritório, se privado de ar-condicionado ou ventiladores.

Seria difícil afirmar quem leva a pior. Se o estudante ou o funcionário. Lembrando que o estudante deve ficar sentado durante horas, ouvindo o mestre. O turno da tarde é de lascar, com bocejo, cochilo, vista embaçada. Sem ventilador no teto, muitos alunos sentem o desconforto. Desconforto que gera queda na capacidade de concentração no que o mestre fala ou escreve na lousa lá na frente.

Rodrigo de Souza é um dos inconformados. Para estudar, preferia os dias chuvosos ou de baixa temperatura. Vestia o conjunto de moletom da escola. Às vezes, acrescia o capote.

Na sala de aula, olhava para a lousa cheia e nem se perturbava com o conteúdo. A professora parecia mais bonita, atenciosa. Também, os capetas da turma sempre faltavam nesses dias. Talvez, pensava, tivesse alguma relação entre capetas e temperatura alta.

Nos dias frios, era legal. As meninas tipo a Maria, que bonitinha nos trajes, bem agasalhadinha. Cara de anjo e tudo. Mas no calor, cruzes. A começar pelo cabelo que se eriçava, tudo nela se modificava. Não que bagunçasse, que falasse palavrões ou fizesse gestos obscenos. Só perdia o encanto de Branca de Neve, próprio dos dias de inverno.

Nos garotos, ocorriam mudanças. Os bagunceiros (não os capetas, pois eram muito piores) davam um tempo e começavam a prestar atenção nas explicações da professora. E, para espanto da educadora, eles se dispunham a fazer os exercícios.

Os nerdes, os que ficam a milhas de distância da maioria e que por isso por vezes apanham ou passam vexames nas mãos dos capetas, aproximavam-se e compartilhavam as brilhantes aquisições. Detinham a facilidade de traduzir o 'grego' que a professora berrava ou escrevia.

Os alunos, cujo material escolar era tocado e que não podiam rachar a cabeça do atrevido, corriam a berrar e chorar para a mesa da professora. Nesses dias, olhe, até eles abriam a mão.

_ Se quiser, pode usar a minha borracha – dizia um.

_ Você só não escreve a matéria se não quiser... Eu posso emprestar um lápis.

As ofertas eram para um aluno que tentava justificar para professora por que todo o grupo estava fazendo a tarefa enquanto ele, gastava o tempo assobiando, papeando, e se envolvia com brincadeira.

A professora gritava menos. Adivinha por quê? Dispensava-nos mais cedo da obrigação de mexer com caderno e livro. Aproveitava o tempo restante, antes de bater o sinal de saída, para contar histórias interessantes ou promover atividade mais atraente.

Tinha vez que brincadeira alguma pintava. Nem a gente queria. O que acontecia? Algo mais simples.

A turma guardava o material na mochila e a depositava na cadeira ou em cima da carteira. Servia como travesseiro. A gente cruzava os braços na carteira e depositava a cabeça em cima da mochila. Silêncio geral. A gente observava a sala, o teto, o chão, as carteiras, os colegas, muitos deles em igual posição, outros mais resistentes, pelejando para tirar o sossego alheio, através de intensos cochichos.

O que importa é que dava para se deliciar com o silêncio.

Logo eu, que detesto silêncio, um pouco por medo. Odeio quando chego a casa e minha mãe e o paizão estão fora. Corro para a rua e me meto no futebol com a galera.

Para Rodrigo de Souza, 12 anos, primogênito do doutor Armindo de Souza, o melhor tempo na escola é o frio. Já o sol era para bagunçar, se divertir, jogar bola.

A tarde mais quente do ano registrada até o momento. A turma estava alvoroçada. Rodrigo nunca estivera tão irritado. Sinal de que a coisa estava brava, visto que era uma criança das mais camaradas com os professores.

Merecida foi a brisa que alisava seu rosto, e dos colegas, durante boa parte do trajeto para casa. A garotada caminhava, chutando pedra, apertando campainha, fazendo escândalo. Queriam chamar a atenção. Garotos como Rodrigo, para não ficar deslocados, dão risadas das traquinagens dos mais avançadinhos, sem delas participar.

O grupo que saiu do colégio a seu lado, à medida que ia avançando os quarteirões, dispersava-se. Uns viravam à esquerda; outros, à direita. Aquele que entrava na casa à frente. Este que atravessava a rua e sumia numa esquina. As meninas que calhassem de ir à frente eram alvos das palhaçadas. Em contrapartida, existia menina pouco tímida, devolvendo a palhaçada na mesma moeda. Raro, mas às vezes acontecia de meninos e meninas virem conversando numa boa.

Na casa à frente, Rodrigo estacionaria. Os poucos que o acompanhavam, por ser caminho, davam um toque, uma forma de pré-despedida.

_ Até mais, até amanhã – fala um.

_ Vê se não esquece a chuteira. Amanhã é dia de Educação Física – outro alertava.

Automaticamente, levou a mão à direita para a caixa de correios. Gostava de prestar este serviço. Apanhar a correspondência. Tudo tem um início.

Rodrigo pegou o hábito há uns seis meses. Sua primeira paquera o inseriu no mundo dos escreventes apaixonados. Internet? Telefone? Que nada. Não que não os usasse. A menina gostava mesmo era de escrever com tinta e papel. Exemplos assim existem aos milhares, a despeito da tirania informática. Há quem sinta prazer e frio na barriga no manusear a carta ou quando o carteiro grita lá do portão.

De habitual havia folhetos com propaganda. Consórcio de jazigo a cardápio de pizzaria. Dois carnês e uma carta. A carta era para ele. Esquisito. A letra diferente da qual ele estava acostumado.

Ficou em dúvida.

Quem seria que assinava *Sua Amiga*? Do círculo de amizade? Difícil. Talvez alguém que não conhecia. Por um momento imaginou a gata da 5ª. série B?

Aquele narizinho empinado? Não é possível. Como, se não tinham amizade? Claro, houve uma vez que eles prosearam um pouquinho. De resto, ela sempre distante, evitando se envolver com a turma. Inclusive as colegas chamavam a garota de metida.

O impasse durou até, dentro de casa, abandonar a mochila num canto e caminhar para o quarto, abrindo a carta através de rasgos na lateral.

Olá, Rodrigo,

Você não me conhece, nunca me viu. Mas durante anos, tenho grande amizade com seu pai, colega de trabalho. Considero Armindo um homem responsável, bom pai e esforçado no serviço. Por isso é que não consegui suportar em silêncio o que está acontecendo.

Rodrigo, você é rapazinho. Deve saber que na vida de seu pai e sua mãe, não pode existir outra mulher, se não a paz e a felicidade acabam. Você gostaria de ver sua mãe sofrer?

Preste atenção no que digo. Uma aluna de seu pai está perturbando a vida dele e ameaça fazer sua mãe sofrer.

Rodrigo, sei que você ama sua mãe. Então, se você conversasse sério com seu pai, talvez ele pusesse a mão na consciência e mandasse a garota embora. E nada de mal aconteceria à sua família. Ou você quer que seus pais briguem, se separem?

Vou te pedir um favor. Peça a verdade do seu pai sobre este caso, mas nunca comente sobre a carta. Assim, eu poderei continuar te orientando. O nome dela é Diana Fiorini, aluna do quarto ano; e todo mundo faz comentário ruim sobre ela na faculdade.

Ajude seu pai a tomar cuidado, e zele por sua querida mãe. Até mais e um beijo de

Sua Amiga

Com a carta na mão, o garoto estava meio embasbacado. Fugiu momentaneamente a noção de espaço e tempo.

Que crédito dar a uma carta anônima que fala horrores do pai? É de deixar pasmo.

No mais, no juízo de menino de doze anos, pais são semideuses, exemplos de perfeição. Exibem um escudo de pureza carnal. Vagabunda, galinha, garanhão, ou qualquer adjetivo desse gênero pertence às pessoas outras que não a seu núcleo paternal. O garoto atira esses palavrões às personagens da TV, às meninas e moças mais assanhadas, aos garotos e rapazes mais endiabrados da escola, do clube ou da vizinhança com muita facilidade. Mas quando se trata dos pais, é quase tabu, questão de honra.

Absurdo algum haveria em afirmar que, na cabeça do jovenzinho, pode passar a ideia de que os pais não tenham desejos e transem, e que, se ele não veio da cegonha, a coisa aconteceu por conta do acaso.

É natural que nesta ideia estejam se formando, parecendo nebuloso o ato sexual entre os genitores. E mais ainda o conceito que atribuir a eles. O pai é sua referência. E a mãe é sagrada, exigindo que o pré-adolescente a defenda diante de estranhos.

Rodrigo era o comum dos garotos. Aos doze anos, estava cheio de tabus. Tabus criados pela própria educação familiar. Até quando a hipocrisia será uma tônica nos ensinamentos que nossos pais nos legam? Até quando o jovem terá que disfarçar a curiosidade devido à repressão declarada ou implícita dos pais? Sabe-se lá.

Orientar os filhos quanto aos assuntos sexuais, contudo, não precisa se dar de maneira vulgar, sem pudor, pervertida. Deve ser tão natural e tranquila como se ensinou os primeiros passos. Se o casal se sentir incomodado, pode solicitar o apoio de um profissional da área de saúde, de um educador.

Diante da carta, o garoto viu-se perdido.

Falaria o que com o pai? Sobre a aluna? Teria segundas intenções? Logo seu pai? Tá, ele mesmo, considerou atraentes as pernas da professora de Estudos Sociais. Ora, é criança. E o que falar de boa parte dos colegas que vivem derrubando borracha no chão para olhar debaixo das saias das garotas? Nem a professora de Estudos Sociais escapou do atrevimento.

O que não entra na cabecinha é que uma aluna fique atrás do pai. Pode até magoar sua mãe.

Matutou, matutou. Escondeu a carta. Seguiu o conselho da estranha? Pode ser. Tinha que bater um papo com o pai. Como seria? O que irá falar? Será que a carta queria dizer que alguém estava dando em cima do pai, e por isso sua mãe ficaria superbrava se soubesse? Claro que sim. Entendeu o aviso. Mas seu pai e uma aluna? Droga, que confusão!

Na hora que o pai chegou, Rodrigo pegou a carta e enfiou na mãe dele. Armindo achou a cena estranha, ainda mais que lendo o remetente viu que era para o filho.

_ Mas esta carta é sua.

_ É. Mas fala umas coisas sobre você e mamãe... e duma tal de Diana.

O pai corou. Com destreza, conseguiu esconder a fisionomia de espanto do crivo do filho.

_ Vou dar uma olhada nisso, depois vejo o que faço.

Pisava em ovos, mantendo a custo a voz firme. Estava de costas para Rodrigo. Fingia concentração. Antes de dirigir-se à biblioteca, emendou:

_ Fez bem me trazer isto... Você é um bom filho. Se gosta da mamãe, não comente com ela sobre cartas desse tipo, entende?

_ Sim.

_ Uma brincadeira sem graça de pessoa que não gosta do papai. Se chegar outra, me avise de novo, tudo bem?

_ Certo.

_ Agora vá fazer a tarefa.

_ Quando acabar, vou andar de skate.

_ Por mim tudo bem. Sua mãe saiu?

_ Diz no bilhete que foi na casa da tia Carmem.

_ Ah, sim! Esqueci que ia lá. Qualquer coisa, eu estarei no escritório (nome que dava à pequena biblioteca).

Beijou o filho na testa e se afastou.

Falso pudor era o que motivava o Dr. Armindo a procurar camuflar a realidade? Não só isso. Lendo a alma daquele homem no momento que recebeu a fulminante frase do pequeno Rodrigo, veria que o professor se abalou profundamente.

Seria possível que achasse que os filhos nunca saberiam dos rolos extraconjugais?

A apreensão que sentia tinha muito a ver com a própria imagem que queria forjar na memória das três crias.

Que imagem? A de um falso moralista? Menos presunçosa. Apenas queria passar a ideia de que era um bom pai, que se preocupava em evitar dissabores.

Contraditório? Bastante. Nem daria para negar. Quer variar de parceira; porém, nem por um momento, passa por sua cabeça tornar essa faceta conhecida dos filhos. Até hoje, teimava em acreditar que a farsa mantida diante das crianças jamais cairia.

Dentro da biblioteca, atrás da escrivaninha de mogno, estilo século XVIII, o doutor se aloja na cadeira de braços, com estofado de couro. O polegar e o indicador da mão esquerda enfiados nos cantos dos olhos. Posição clássica de preocupados e pensativos. Ao mesmo tempo, a mão direita, apoiada sobre a mesa, alisa a folha de papel, a inoportuna carta.

Estava receoso. Por quê?

_ Se mandou esta carta, é certo que virão outras. Que encrenca! Se soubesse que era tão apegada, não tinha me metido com ela.

Ele se irritava toda vez que um de seus casos congelados despertava e queria entrar em cena sem o consentimento dele. Havia vezes que apelava para grosserias. Nada de inventar nomes feios e vomitá-los nos ouvidos da mariposa apaixonada. Utilizava frases que ofendiam até a mulher que aparentasse a mais completa falta de orgulho.

_ É duro ver uma pessoa como você se rastejar, implorando algo que eu não quero compartilhar, nem que me pagasse, enquanto têm tantos por aí que sequer pensariam duas vezes para te satisfazer. Pena que me implore... Fico meio com pena. Mas se você quiser sair, eu faço este sacrifício.

Na maioria dos casos, a pobre infeliz batia o telefone na cara dele. Nunca mais insistiria em importuná-lo.

Armindo só usava o expediente quando percebia que a situação estava muito complicada. Através de papo gentil e educado, pensava, a teimosia continuaria.

Para toda regra há exceção. Algumas ignoravam as maiores ofensas em nome de um mínimo de prazer. Persistiam. E as mais insistentes conseguiam a esperada audiência, quando Armindo estivesse de bom humor, quando quisesse provar verdadeiramente da carne que estava no estoque.

A situação era possível, uma vez que o professor, ao congelar um caso, tinha para si a implícita intenção de um dia descongelá-lo. Ousaria procurar a vítima abandonada. Resultaria uma saída, uma escapada, um encontro esporádico, sem o compromisso do tempo em que eram amantes.

Escândalo teve nenhum. Escolhia a dedo as pessoas com quem se ligava. Do meio universitário. Professoras ou alunas aplicadas. Evitava os rabos de foguete que insistiam em amor eterno e vivem teimando em ocupar o lugar da esposa, pular da condição de 'outra' para a de oficial. Até o momento, para sua sorte, duas deram o vexame. Teve, inclusive, que mudar de cidade num dos casos. Chegaram a telefonar para a esposa, e despejar minhocas na desconfiada cabecinha.

_ De quem seria? Quem teria enviado a carta? – murmurou.

Um pressentimento dizia que se tratava da Sônia. Era a mais emotiva conquista desde que viera para Ribeirão Preto.

_ Se não for ela, pode ser alguém que quer me pregar peça. Inimigo é o que não falta.

CAPÍTULO CATORZE

Ladra de Marido

A resposta para a inquietante carta que Armindo recebera estaria do outro lado da cidade. No minúsculo apartamento de Sônia.

Quanto à feitura da carta, é necessário voltar à noite passada.

Na cozinha, Sônia preparava chá de erva-cidreira. A face ora roxa, ora avermelhada, denuncia o rubor da mágoa. Havia tido grande decepção naquela tarde de quarta-feira. As suspeitas foram confirmadas: o professor estava de caso com a quartanista. Soube por intermédio da rainha dos mexericos. Quem mais senão a Divina?

A notícia chegou aos ouvidos de modo indireto. Tem como hábito conservar-se à distância, evitando intimidade com pessoas do perfil da copeira.

Era hora de lanche. Em torno das seis da tarde. O horário de aula no semestre a obrigou a lecionar à tarde e à noite. Comeria sanduíche natural, beberia suco de laranja sem gelo e rápido retornaria à classe. A turma entra às sete.

Estava de costas para a mesa na qual, um minuto mais tarde, se sentaria Divina e Efigênia. A segunda porque ficava no ATA até às nove. Divina, que saía às 17h30, foi forçosamente convidada a fazer hora extra. Haveria no horário das 19h às 20h30 reunião extraordinária da Congregação. Divina estaria responsável por fornecer água e cafezinho, entre outros afazeres.

O lanche da Drª. Sônia estava pela metade, quando as duas se instalaram na dita mesa. Pelo tom da conversa o que parece é que saíram de suas seções e vieram caminhando ao sabor da fofoca. O grosso da prosa havia esgotado, estando no remate final.

_ Será que assumirão?

_ Não me pergunte... O que sei é que estão juntos. E a Dulce teimou que eu estava errada, que o doutorzinho e a estudante não tinham um caso.

_ Me disseram que ele dava em cima da Mônica...

_ Esperto como é, não duvido que esteja arrastando asa para as duas. Que está com a garota, ah, isto não dá para negar. Hoje, vi pegar na mão dela, acariciou seu rosto... E ela com o olhar de sonsa grudado no chão.

_ Pelo visto é mais uma de que você não gosta.

_ Como aceitar uma ladra de marido? Tanto garoto livre por aí... E ela vai pôr chifres na infeliz da esposa.

_ Eu é que não me meto.

Efigênia procurou brecar as repreensões de Divina. No fundo, sabia que a megera estava querendo atingi-la. Quem não sabia que ela, a Efigênia, dava umas escapadinhas com o chefe da Seção de Obras, homem casado e pai de quatro filhos?

_ E quem está se metendo? Falo o que vejo. Para mim pouco interessa no que vai dar.

_ Hum...

Por pouco a colega não chama Divina de falsa. Preferiu continuar bebericando o guaraná gelado.

_ O que sei é que o campus está uma pouca vergonha. Imagina, pegar dois alunos transando, escondidos numa sala desocupada. Estamos cansados de saber dos podres em república. Mas daí a nem respeitar a universidade é dose.

_ E foram expulsos de verdade?

_ E queria o quê? Ainda bem. Pensou se a onda pega? Dona Cidinha é que não tem paz. A pobre presenciou poucas e boas.

_ Ser faxineira é bravo.

_ Braba é a sem-vergonhice dos que pensam que estão num puteiro e não na universidade. Mas que fazer se o exemplo vem dos próprios professores e às vezes diretores, funcionários.

_ Opa lá Divina! – Efigênia se doeu. – Acho que está exagerando. Nunca ouvi falar de professor ou funcionário que descesse a este nível.

_ Pelo menos nisso. Basta o agarra-agarra pelos cantos e a saída do campus direto para o motel.

Efigênia conseguiu mudar o rumo da conversa.

Minutos antes, Sônia tinha levantado, passado pela caixa registradora, quitado a conta e caminhado pela trilha concretada que levaria para o departamento.

À medida que andava, a fisionomia mostrava a nítida impressão de quem teve a esperança contrariada. Esperança? De que Armindo um dia voltasse. De que o tempo que ele pediu, meses atrás, mais cedo ou mais tarde expirasse. De que ele voltasse a procurá-la.

Sabia sobre o caso com a quartanista. De certa maneira, que haviam rompido o namoro silencioso dos adúlteros. Mas alimentava confiança que os braços de Armindo mais dia menos dia estariam livres, que não conseguiria trocar uma mulher feita, bem-sucedida, por uma menina de pouca cabeça, que tinha cara de gente tonta. Iludia-se.

Fácil compreender o porquê do recente incômodo ao ouvir o relatório de Divina.

Entrou meio desbaratinada na sala. Um quê de revolta remoía por dentro. O que a revoltava? As ilusões, sentimentos que por si só se justificam.

Dentro da apertadíssima sala do Departamento, andava de um lado para outro, de modo lento. O coração batia com violência. A angústia a sacudiu. Chorou. Correu à porta, trancando-a. Caminhou para a escrivaninha. Abriu a gaveta, fuçando para ver se achava a caixa de papel-toalha, que estava ofuscada em meio à papelada. Puxou a cadeira, o trabalho ficava menos penoso, menos arriscado para a coluna.

Chorou, socou a mesa, deu um pontapé no desafortunado cesto de lixo, entre outras manifestações de contrariedade que pouco de nós estamos a salvo de um dia demonstrar.

Ia saindo da sala, quando o despeito a arrastou de volta à escrivaninha, sentando-a com violência na cadeira. Apresentou à sua frente folha em branco, caneta Bic azul e a convicção que ditava: escreva ao filho mais velho. Você tem o endereço, não é? Sabe o nome do garoto, né? Então, não perca tempo. Quem sabe o infeliz caia na real e larga mão da palhaçada que é ficar de namorico com aluna.

Sabia do ponto fraco de Armindo: a bizarra esperança de afastar do conhecimento dos filhos a vida amorosa pouco convencional.

Finalizada a carta, hesitou um bocado antes que a coragem a empurrasse para a caixa dos correios. Mais um pouco, teria que adiar para o dia seguinte. O pessoal da correspondência passaria dali a dez minutos.

Mergulhada em devaneios, encarou a aula. Mais de um aluno percebeu que a professora viajava. Sônia nunca teve tanta pressa para encerrar. Embora fosse costumeiro, quando carregada de tensões, esperava com impaciência o instante de chegar a casa, pôr água no fogo, um chá de erva-cidreira. Tiro e queda. Aliviava-se, após os primeiros goles surtirem efeito.

Em casa, saboreando a bebida quente e natural, pensava melhor.

Tomou o chá. Colocou o CD de Leandro & Leonardo. Enroscou-se na cama. A dupla caíra em suas graças desde meados de 1996. Um pouco pelo caso com Armindo. A costumeira história de associar música com relacionamento amoroso. A música celebrou a primeira noite dela. E se ficou depois do fim do namoro, é porque acolhe aquele que amarga a perda da cara metade.

Sônia engrossaria a multidão de fãs que choraram a perda do Leandro para um câncer implacável, e pouco romântico.

Às sete horas da manhã, quando Sônia estacionava o automóvel no pátio do campus, presenciou Diana Fiorini procurando vaga. Sentiu desespero, espécie de ódio surdo. Por quê? Quem sabe o sorriso que Diana trazia estampado na face? Indicava que a menina zombava da mulher abandonada? Puro mal-entendido. Diana sorria dos comentários corriqueiros das colegas que a acompanhavam.

Como poderia zombar de Sônia, se nunca ouvira falar dela?

O Dr. Armindo não é do tipo que comenta seus casos. Da boca dele ninguém nunca soube de qualquer aventura. Amigos do peito, filhos, pais, desconfiava de todos. Para ele, comentário sobre conquistas extraconjugais, além de ser indiscreto e próprio de sujeito exibicionista, poria em apuros sua privacidade tanto quanto a da outra pessoa, que na maioria das vezes quer sigilo, ao menos por certo tempo.

Na cabeça de Sônia, porém, o comentário podia perfeitamente ter ocorrido.

De repente, a inveja inconsciente tornou-se ódio declarado.

_ Se a carta que eu mandei não der resultado, mando outra, para os outros filhos... E para a mulher. E telefono. Ou ele rompe com a esposa e fica com a garota, ou vou atrapalhar sua vida.

O amor, a admiração e o respeito de um dia viram ódio mortal noutro? É possível. Basta que a pessoa se sinta lesada. A desforra é a única atitude que deve ser tomada na opinião de quem amargou a traição. No caso dos mais radicais, vira motivo para assassinatos e suicídios.

A sorte para o bom caminhar da humanidade, é que a maioria não chega a pôr em prática os ferozes desejos de revide, ficando para poucos levar ao extremo a raiva de momento.

Não chegam a pôr em prática os ferozes desejos de revide.

Sônia é ser humano. Antes, pacata, tímida, envolvida de corpo e alma com a pesquisa. Aí um caso a perturba. Agora, sente-se enganada, usada. Dará início, nesse momento, à carreira de coruja má, sogra linguaruda, raposa raivosa, coringa traiçoeiro.

A situação molda a personalidade. Ninguém nasce bom ou mau, de boa ou má índole. Inexiste alguém que seja monstro ou anjo de nascimento. Diante de incômodo obstáculo, natural que o pacato se enerva. Todos têm seu limite.

Durante toda a aula, Sônia revolvia e era revirada por três imagens. A do momento que pôs, ontem, a carta no correio. A da cara de felicidade zombeteira que julgou ver em Diana lá no estacionamento.

A terceira imagem ocorrida há poucas semanas no laboratório de Anatomia, o papo descontraído com Dr. Armindo. Imaginara, na ocasião, que Armindo quisesse voltar a se relacionar.

Julgou errado.

Armindo estava querendo ser gentil. E se estava contente, exibindo sorriso, tinha um único motivo: havia reconquistado Diana, após vinte dias separados. Quem está feliz involuntariamente procura alegrar as pessoas ao seu redor.

Para que questionar o que levou Sônia a aproximar-se de Divina? Quando se tem um grande amor não correspondido, é esperado se ver no direito de exalar rancor, do agir impensado.

Professora se relacionar com funcionária é algo até estimulado, visto que deve haver afinidade no tripé humano da universidade. Mas no caso de Sônia, que nunca saía da rotina do isolamento, é de se estranhar.

Mais um encontro, esse na hora do almoço, embora ainda não fosse desta vez que se falariam.

Refeição forçada de parte da doutora.

Os deprimidos têm pouco apetite.

Sônia notou a presença da copeira no meio da multidão, que transbordava o restaurante universitário. Olhar avermelhado, aparentando boa saúde, corpo forte, era a mulher de quem ouvira a triste notícia na tarde anterior. Quando deu por si, estava no encalço de Divina. Esperava oportunidade para abordá-la.

Custou certo tempo a aproximação.

Apesar de o interesse unir as pessoas, para Sônia, Divina transmitia misto de medo e desdém. Devia saber como abordar, a fim de evitar futura dor de cabeça. Vai que Divina desconfiasse da intenção. "Sabe lá como são as pessoas desqualificadas?", matutava Sônia.

Três dias depois, a oportunidade apareceu. Mera coincidência. Sônia ia ao ATA. Esbarrou com Divina. Lançou mão de assunto trivial. Mais alguns dias, elas estavam, não amigas, porém bem próximas. Naturezas similares, ao se conhecerem, atraem-se, quando se tem um alvo em comum.

A tímida doutora, motivada pela esperança de conseguir o seu homem de volta, incorporou papel dissimulado, melhor que muitos políticos, daquele sujeito que no relacionamento com o semelhante visa atingir meta escusa.

Apesar de receptiva, Divina está longe de ser boba.

_ O que é que ela quer comigo? De uns tempos para cá, ficou íntima demais para uma pessoa que me tratava como um cachorro vira-lata. Nesse mato tem coelho.

Um rol de hipóteses se desenhou. De interesse em algum segredo na diretoria até convidar para ir para cama. Divina bem que tentou arrancar da própria doutora a razão. Mas era insociável. Passou a aceitar numa boa a presença da professora. Afinal, era seu insumo. Uma fofoqueira precisa das pessoas. Quanto mais delas se aproximar, mais conteúdo recolhe para sua atividade primeira.

Divina tinha muitos alvos a atingir. Não poderia dispensar maiores preocupações a uma pessoa. Nem se tratando duma professora tida como isolada, que duma hora para outra veio a estreitar amizade. Secretárias de diretor, diretores, alunos polêmicos, colegas de repartição, para aqueles, valia a pena doar o suado veneno. Ademais, sabia que a verdade sempre aparece. Por isso era fofoqueira, nunca mentirosa.

E apareceu.

Num dia, trocando confidências com Jair, o afeminado que compete no status de mexeriqueiro com Divina, falava a respeito do Dr. Armindo com uma caloura. A intenção da professora foi desmascarada.

_ Que coisa! Que pai que pode estar sossegado? – Divina simulava indignação.

Jair forçou um ar resignado. Nada condizente com sua língua ferina.

Se estivesse no meio dos seus companheiros, chamaria a caloura de ladra de bofe alheio. Mas pelas poucas que enfrentou na vida, não arriscaria xingar uma mulher na frente de outra. Temia o corporativismo de classe.

_ Onde é que vai parar isto? – Divina insistia em fingir espanto, na verdade adorando que existissem os desvios. – Armindo? – buscava pela memória proezas do médico afamado.

_ Sim. Ele que papou a esquisitona.

_ Que esquisitona?

_ Ora, mulher! A Dra. Sônia. As más línguas juram que ela perdeu o cabaço para o lobo mau.

_ Doutora Sônia, bem...

_ Que foi?

_ Não lembrava que ficaram juntos.

_ Foi no ano passado. Ah, você estava de férias. Vai ver nem ficou sabendo.

_ Pode ser. Sim, agora faz sentido.

_ O que faz sentido?

_ Nada, é cá comigo.

Divina quis saber mais.

_ Ela ainda está com ele?

_ Imagina! O garanhão dispensou a coroa e catou a garotinha.

_ Aluna?

_ É. Não sabia? A tal Diana... – e sussurrou no ouvido da copeira. – A filha do sr. Vicente.

_ Não.

_ Se tô dizendo.

_ O sujeito não é casado?

_ Casadíssimo.

_ Veja só. Sabia que a sonsa da filha do Vicente estava aprontando, só não me disseram com quem. Como não sou muito de xeretar a vida alheia, nem procurei detalhes.

Jair olhou de soslaio. "Cobra. Tô para ver cascavel mais falsa que você", disse para si.

_ Notícia ruim corre rápida – disse Jair.

CAPÍTULO QUINZE

Casal Souza

Rodrigo bem que tentou. Deu provas de maturidade, que para o pai se resumiam a manter o bico calado. Mas, no íntimo, um quê de inquietação bulia com o garoto. A mãe, claro, percebeu algo de estranho. Desconfiava da causa. Da carta, nunca soube nada.

_ Vai ver é a idade, filha.

Armindo procurou justificar as recentes esquisitices do filho.

_ Não sei, não.

_ Ora, quer dizer que em seu curso não ouviu sobre a entrada na adolescência e os possíveis conflitos que martelam a cabeça dos meninos?

_ Claro que sim... Mas me refiro a outra coisa.

_ Que outra coisa?

_ Sei lá – ainda resistia.

_ Sugiro que leia mais. A criançada está crescendo.

_ Faz tempo que não me incentiva a estudar – brincou a esposa. Ele raramente o fazia.

Havia pendurado o diploma. Servia como peça decorativa, desde que se formara. Em parte por causa do marido, que deixou os filhos por conta exclusivamente dos cuidados dela. Cedeu. Era mãe.

_ Não é porque não disse com todas as letras, que te negaria meu apoio, caso você viesse a exercer a profissão.

Muito bonito, pensou ela. Me enterrei durante anos dentro de casa. Conduzia tudo para o lar funcionar. Providenciar desde o conserto da pia quebrada à educação dos meninos. Nesse meio tempo, ele jamais me incentivou. Como fazer a especialização? O que faria ele se eu conseguisse um emprego? Enlouqueceria, acomodado que estava a que eu desse conta do papel de dona-de-casa, mãe e gerente das finanças do lar. Agora vem dizer que posso recomeçar? Recomeçar o quê? Será que quer se livrar de mim? Será que minha presença em casa o incomoda?

Mas o silêncio é a marca registrada da Sr.ª Souza. Hábil em observações a respeito do comportamento do marido, e igualmente muda. Sabe lá o motivo de insistir na postura simulada. O marido partilhava vários assuntos, menos, claro, as escapadas.

Quanto às amantes, se fosse mais alerta ela o teria flagrado mais de uma vez.

Anita Valadares de Souza era reservada e sem motivo para manter marcação cerrada.

Antes de conhecer o marido, era diferente. Namorou à beça. Por milagre, chegou virgem ao casamento. Poucos amigos à sua volta. Gostava de estudos, e ler romances. Lia e relia. Sem a vontade de comparar épocas ou ser crítica do enredo, lia pelo prazer de ler. Deixava-se levar pela intriga, pelo desenrolar da vida dos personagens.

Filha da época de setenta, gostava dos romances que enfatizavam mulheres. Bem, não mulheres 'fortes', que vivem batendo a cabeça, tanto que abominou Harold Robbins e suas mulheres em pileques ou em orgias sexuais, munidas com o vocabulário chulo.

As típicas balzaquianas contemporâneas agradavam.

Filmes floreavam a cabeça. *A Dama de Vermelho, Quem é Essa Garota?* Tudo a ver. E A Mulher Maravilha, Batgirl, oferecia visão de maior vitalidade, sem perder a essência feminina.

Quando criança, mimadíssima, porém não enjoativa. Durante a adolescência, oscilou entre a nulidade embonecada de patricinha e a debochada inconstância de desbocada. Romântica, mas de gênio terrível.

Ambições, aos vinte anos, eram as de quem nunca trabalhou e teve tudo na mão: nenhuma. Decerto que estudava. Terceiranista de Serviço Social em Marília, cidade natal. Mas era o mínimo que exigia o meio social que pertencia: diploma universitário, a fim de dizer-se educada.

O pai, fazendeiro, pouco esperava dela. Única filha no meio de três garotos. Via que Anita dava pouca atenção à rotina da fazenda. Permitiu, pois, que emigrasse para a cidade, com o desejo de vê-la na faculdade.

O exemplo bem-sucedido de uma prima, formada em Serviço Social, e ocupando cargo de confiança na Secretaria de Bem-Estar Social, de uma cidade-satélite de Marília, motivou a escolha do curso. A prima a empolgava.

_ É muito interessante. A gente tem contato direto com famílias carentes... Cada dia é um desafio.

Se bem que nos últimos anos reduzisse a prática a assinar papéis, rubricar documentos, menear a cabeça em sinal de concordância ou contrariedade a projetos, e ao respectivo orçamento. Ainda que esporádicas nos últimos tempos, guardava a sete chaves as experiências de visitar casebres, barracos, famílias que viviam abaixo da linha de pobreza, ao redor de valentão, em favelas.

Anita se simpatizou e embarcou. Fantasiou pouco. Quem sabe, ela cairia de paraquedas nas garras de alguma Secretaria? Não seria impossível. O nome da família pesa no Noroeste paulista.

No terceiro ano, encontrou, numa festinha de república, o sujeito que seria seu marido. Armindo, quintanista de Medicina, em Marília, com calça boca de sino, porte de cafajeste sofisticado. Buliu com o coração e os sentidos dela. Ele também gostou. A menina tinha papo diferente. Algo infantil e estúpido. Uma alternativa aos papos escrotos, em sua opinião, dos hippies e bichos-grilos que infestavam as repúblicas, festas e sala de aula. Achou interessante. Aproximou-se de Anita.

Pobre, pobre, o moço não era. Embora viesse duma família que calejava para ganhar o pão, ele jamais precisou ganhar a vida com o próprio suor. A relativa sorte é que atrapalhava o pai. Advogado, nunca pegou uma causa para dizer 'bem, desta vez amarro meu burro na sombra'. Sofria para manter os minguados clientes e muitos deles terríveis caloteiros. A mãe, professora da rede estadual, vez por outra assumira as despesas do lar durante meses.

Para ajudar Armindo, caçula dos dois filhos, faziam sacrifícios inomináveis. Armindo muito bem conhecia a realidade. Não exigir dos pais o que não podiam dar.

Entrou com facilidade no curso de Medicina, visto que, além de só estudar, curtia se imaginar médico. Nos primeiros meses, tolerou pensões que embrulhavam o estômago. Vieram as repúblicas. Passou a viver melhor. Aluno aplicado, ele conseguia todo ano uma monitoria. Os professores, que tão bem conhecem os alunos que levam o curso de graduação com a corda no pescoço, valorizavam-no por sua aplicação. Nunca o desampararam.

Portanto não se estranha a ambição motivar um relacionamento sério entre Armindo e Anita. Todos têm suas estratégias para lidar e se manter vivo. O artista se aproveita da emoção; o político, da confiança; o capitalista, da ganância; e o conquistador, da necessidade de ser amada que toda pessoa tem.

Armindo aprendeu a aproveitar-se da paixão alheia. Funcionárias e professoras caíam em sua lábia. O número alto de parceiras devia-se mais à sua obsessão em perseguir do que qualquer traço seu de beleza ou capacidade de persuasão. Padecia, desde cedo, da inconstância nos relacionamentos. Tipo de sujeito que precisa variar de mulher, como um glutão necessita de guloseimas.

Afirmar que se não fosse pelo olho grande nas posses de Anita, o nosso Don Juan da universidade nunca teria casado é mais que verdadeiro.

Anita contava com belos traços a seus olhos. Mas quando comparados aos da professora de Farmacologia, do alto dos seus quarenta e seis anos, eram apagados, mirrados, nulos.

Bastou frequentar a república de Anita, na qual viviam mais duas meninas, sendo uma a prima e todas as universitárias, para despertar a cobiça do rapaz.

Mais tarde saberia o quanto era a fortuna do pai da jovem. Deu para encher os olhos do universitário. Seria muito mais do que ele poderia alcançar, mesmo depois de formado e bem-sucedido.

Achava-se realista por entender que nem todo médico será um Pitanguy, com as cirurgias milagrosas, ou Lair Ribeiro, com a fórmula de despertar a motivação empresarial.

Como sabia dirigir, e não tinha veículo, a namorada cedia o Opala. Que espetáculo aparecer dentro dum Opala! Pena que espelhava tremenda arrogância. Os maus frutos apareceriam. Professores, que antes o protegiam, sensíveis à sua carência, passariam a olhá-lo de viés. Futuramente, negariam a bolsa de monitoria.

A pessoa que emergiu da pobreza e luta com todas as forças para a ela não retornar, se mune de um refinado sentido. Tem habilidade para agir rápido, ao pressentir que alguém possa desbancá-lo. Procura agarrar com firmeza o que ganhou a duras penas. Seis meses de namoro, pediu a moça em casamento.

Ela aceitou.

O pai, Sr. Feliciano Valadares, pouco instruído na arte da dissimulação e interesse dos urbanos, pois a instrução interesseira se limitava ao meio rural, achou conveniente a união, ou no mínimo tolerável. "Se o ofício de doutor não deixa rico, pelo que me consta também não chega a passar necessidade...", matutou o velho.

Motivado pela ideia de bom partido, o casamento fez o rico fazendeiro oferecer bela casa, com a mobília. Nem poupou o enxoval e a viagem de lua-de-mel. Por via das dúvidas, achou melhor pôr os pingos nos is, numa conversa de homem para homem com o genro.

_ Rapaz, sei que para sua família pesaria desembolsar a quantia de tudo que estou gastando..., mas lembre-se que da casa não abro mão. Você terá o compromisso moral de começar a quitá-la, assim que se estabelecer no seu sustento.

_ Pode deixar... eu pagarei.

_ Ficaria desapontado se tivesse que levar este documento à Justiça a fim de pegar o que é meu – mostrou o registro da casa e a nota promissória.

_ Vai ver que não será necessário.

_ Espero. Já que estamos conversados sobre esta pendência, vamos mudar de assunto, falar de coisa mais agradável.

_ Como?

_ Está fazendo estágio, não é?

_ É, residência.

_ Sim, residência. E tem local acertado para trabalhar?

_ É cedo. Estou no primeiro ano da residência. São dois anos na minha especialidade. Nesse meio tempo, dou plantões, no que recebo o dinheiro que mencionei. Depois de formado, pretendo arrumar bolsa na faculdade para fazer mestrado.

_ Mais estudo? Quando entra no trabalho?

_ O mestrado, se houver bolsa, já é trabalho.

_ Bolsa. O que é bolsa?

_ É um salário que nos pagam...

_ Salário-mínimo?

_ Não, que é isso! É muito mais.

_ Ainda bem... Imagina tanto estudo para ganhar menos do que um dos meus vaqueiros?

Armindo se viu num impasse. Quis rir da ignorância do 'coronel', ao mesmo tempo em que sentiu um pouco de chateação diante da comparação. Forçou indiferença para prosseguir.

_ Isso de bolsa dura para sempre? – questionou o pai, apreensivo.

_ Não. Até o fim da pós-graduação.

_ Quanto tempo leva isso?

_ Depende da área. Em média, toma uns cinco a seis anos, contando o mestrado e o doutorado.

_ Sei...

_ Depois somos convidados a dar aula na faculdade.

_ Ora, e o hospital? Não vai operar?

_ Não. Vou para a docência.

_ Engraçado. Pensei que todo médico tinha que ficar no hospital ou em consultório.

_ É que existe a docência.

_ O que é docência? É docência que se fala?

_ Sim.

_ O que é isso?

_ Ensinar, dar aula, formar os novos médicos, inclusive os que irão para os hospitais e consultórios.

_ Quer dizer, ser professor?

_ Isto mesmo.

O pai ficou confuso. Ouvia dizer horrores desse negócio de ser professor, que não dava dinheiro, que ganhava menos que empregada doméstica. Imagina ter um genro professor? Rompeu o silêncio num balbucio confuso.

_ E dá dinheiro? Será que dá para sustentar uma família?

_ Claro. Ademais, há vários níveis de professores. Na universidade é que se ganha melhor.

_ Quanto? – o pai queria as cifras.

_ De trinta a quarenta salários-mínimos por mês.

Pouco para tanto estudo, pensou, mais dava para botar comida em casa, vestir os filhos e viver com decência. E completou:

_ Sim..., mas não é de seu interesse abrir consultório?

_ Embora eu não largo da docência, me agradaria muito ter uma clínica. Eu poderia ser clínico geral. O que falta é grana.

_ Ficamos assim. Dê conta do resto dos estudos, meu jovem. Acabando, venha falar comigo. Quem sabe posso ajudar de algum modo?

_ Agradeço.

Tinha mais que agradecer.

Ganhou casa valorizada, dispondo de mobília, e, o que é melhor, quitadinha da silva. Que Caixa Econômica, que CDHU, que prefeitura daria um presente desses? Mesmo na categoria sogro, a atitude é rara. Teria que contribuir com a metade do valor? Mas o prazo para quitação era a perder de vista.

"Coisa engraçada é o fator classe social. Enquanto uns passam a vida inteira para quitar o casebre, outros ganham uma mansão como presente de casamento", Armindo sorriu.

Todavia, o Sr. Feliciano, astuto fazendeiro, capitalista bem-sucedido, arranjou as condições contratuais a seu gosto. Quis se precaver duma possível malandragem da parte do genro. Se o velho desconfiava da própria sombra, o que não dizer dum jovem boa pinta, boa lábia, mas pobre, que de uma hora para outra encobre a filha única com as asas da paixão? Havendo separação, o malandro estaria impedido de vender a casa, ou quaisquer propriedades que o velho doasse à filha. Casou-se com separação total de bens.

O residente Armindo de Souza estava numa vida que nem teria coragem de pedir a Deus, temendo levar não como resposta. Há um ano e meio, estudava na Faculdade de Medicina de Campinas, recebendo bolsa de mestrado. Bela casa no bairro bem valorizado de Marília. Que tranquilidade! Os filhos? Ainda não haviam vindo ao mundo. As tarefas diárias resumiam-se a estudar, ficar na cola do orientador, dar plantão no Hospital Universitário.

Em meio ao doutorado, lecionando na faculdade de Marília, Rodrigo aterrissou na vida do casal. Três anos mais tarde, era a vez de Andréia. Por último, Fabrício de Souza. Estava composto o clã. Anita optou por fechar a torneira.

Amarrou as trompas.

Quando concluiu o doutorado, recebeu uma proposta para trabalhar na Unesp de Botucatu. Teve que mudar para lá, com a família. Havia quitado umas prestações da casa de Marília. Por resistência do sogro, não pôde vender a casa, e se contentou em alugar outra na cidade em que passariam uns bons anos.

Por tudo que foi dito e muito mais que segue oculto, o Dr. Armindo permaneceu fiel. E o que é mais significativo: nem por um momento se sentiu lesado, infeliz.

Pena que Anita levou pares de chifres ainda na condição de namorada. Na época, com desculpa de retornar para seu lar, Armindo, depois de sair da companhia dela, fosse da casa dos pais ou da república, costumava, com o carro da namorada, dar um passeio nos batidos pontos.

Lá, reencontrava a velha orgia. Já que o espírito exigia, restava ao corpo ceder. Uma festa republicana. Lotada de tudo que é tipo de gente. Caretas e capetas, budistas e ateus, católicos e protestantes, brochas e tarados, drogados e os que detestam o cheiro do cigarro, pinguço e os fãs da água mineral.

Para recepcioná-lo, logo que punha os pés no portão, apareciam meninas mais atiradas e os comparsas.

_ Olha o sumido, que não liga mais para os amigos – gritavam.

_ Nada disso. O quinto ano é que está me perseguindo...

_ Me engana que eu gosto – desbanca outro.

_ Tô falando sério. Quem precisa da bolsa, como no meu caso, é bom mostrar serviço. Já pensou se perco? Tô ferrado.

_ Mas o pai da noiva não é rico?

Armindo não gostou da brincadeira. Achou melhor dar uma gelada no sujeito, só para parar por ali a malícia funesta. Sabe como é. Cidade pequena. Vai que um linguarudo, na festa, buzine a verdadeira intenção do rapaz... E caia nos ouvidos do sogro. Pronto, ia tudo para o brejo. Tudo que se diz impensadamente hoje pode ferrar a vida futuramente, Armindo matutava.

Em Botucatu, o vício adúltero ressuscitou. De início, aceitava os convites para mostrar gentileza. E quando ia a uma festa, ele já havia recusado várias outras.

Ganhava bem. As contas em dia, como a do carro, a da casa de Marília e a do aluguel em Botucatu, provavam ao senhor Feliciano que o doutor tinha ordenado razoável e sabia empregar o dinheiro.

Armindo é que estava desgostoso com o ritmo de sua vida. A mulher já não era tão interessante. Começava a sentir a falta de lenha outra que a dela, para manter seu fogo aceso. O marido via na esposa traços, que a seus olhos justificariam não a trocar, mas traí-la.

Filhos balançam um pouco o perfil feminino, concluía o marido. A displicência no vestuário, herdada do tempo de garota, à medida que correm os anos realça um aspecto relaxado, repulsivo. Dotada de irrisória vaidade, Anita pouco se ajeitava quando comparada às mulheres de igual poder aquisitivo.

Na rua, Armindo admirava os belos corpos. Professoras, mães até, do departamento, por vezes conservavam talhe bem mais modelado que o da esposa. Se Armindo soubesse do valor dos exercícios físicos, da bicicleta ergométrica, sugeriria para a esposa. Talvez ele mesmo comprasse os aparelhos.

Acontece com ele o mesmo que com certos intelectuais: total desatenção a aspectos práticos e corriqueiros. Na condição de doutor em Fisiologia não precisaria ser especialista em regime estético para, no mínimo, fornecer bons conselhos. Porém, afundava-se na carreira, e tudo o mais passava despercebido.

Limitava-se a cobiçar mulheres que apresentem físico que lhe atraísse. Como cobiçar é passo para se alcançar, pois se criou a expectativa, o desejo, bastava, portanto, aparecer a oportunidade. E se rompe a fronteira do proibido.

O palco da primeira traição não foi numa festa de república. Sim num congresso na cidade de Bagé. No grupo havia uma moça, uma moça no grupo havia. Piscadas e sorriso, sorrisos e piscadas. Jantam juntos. Esticada na noite. Pronto, primeiro adultério, desde que se casou.

Dali em diante, as fugas se tornariam constantes.

CAPÍTULO DEZESSEIS

Sexto Sentido

Mudança num parceiro é coisa fácil de notar, ou de se supor. Armindo dava pistas, fáceis de serem percebidas pelo instinto natural da fêmea. Anita desconfiava, mas evitava ser contaminada pela desconfiança.

De repente começou a perceber que o marido a rejeitava, se esquivava de sua companhia. Apanhou indícios para esta conclusão através de vacilações de Armindo.

O mesmo sexto sentido a forçou a entrar numa academia, procurando recuperar o tempo perdido. Como se não bastasse, tornou mais contínua a ida ao salão de beleza.

E que local mais propício para dar vazão a este sentido, beirando a exageros, do que num salão de beleza? As prosas que aparecem têm poder tanto de levantar a autoestima quanto de atazanar a tranquilidade. Numa dessas visitas, aguçou-se diante de desabafos.

_ Para nós que chegamos a certa idade, é bom se cuidar. Hoje, ficou fácil perder o homem... – comenta, com a peruca térmica no cabelo.

_ E não é! – concorda a amiga. – Antigamente, o homem pensava mil vezes antes de pedir a separação. Era pecado, imoralidade. Hoje, além de sair de casa, ainda arruma garotas às vezes mais novas que as próprias filhas para pôr no lugar da esposa que passou vinte ou trinta anos ao seu lado.

_ O mundo está mudado – balbucia uma terceira, apagada que estava num canto.

_ Com tanta vagabunda à solta, o que mais querem vocês? Quando eu era moça, pouca vergonha era coisa de puteiro. Agora, basta ligar a TV para ver a apelação. Lá estão elas. Mostrando a bunda, nuas e seminuas. Esfregando-se. Insinuando-se. Se eu fosse homem, seria difícil ser direito.

_ As mulheres perderam o respeito – a outra com os dedos de molho taxou.

_ Eu é que entrei na academia semana retrasada. Tô adorando. Tô me sentido melhor. Fiquei meio sem graça no início.

_ Por quê? – perguntou monotonamente a cabeleireira.

_ Ainda me pergunta? – mostra-se espantada.

_ Posso ver a cena – intrometeu-se outra, com a cabeça presa num secador oval. – As mocinhas com short saliente, pele firme, todas enxutas, os rapazes no vigor da idade, muitos deles musculosos. Quando muito alcançando vinte anos. Aí você entra, passado dos quarenta e oito anos. Todo mundo olha para você. Que vergonha! Onde enfiar a cara?

_ É isto mesmo.

_ Isso tudo é bobeira. A gente deve encarar o que a vida oferece – contestou Marieta, a cabeleireira, provocando.

Estava com a macaca naquele dia e que se danasse o cliente. O salão de beleza dela é um dos poucos estabelecimentos comerciais onde o ditado de que 'o cliente tem sempre razão' passa despercebido.

_ Em minha opinião, nem as pirralhas, cheirando a leite, estão com a bola toda, nem o mundo está tão ruim para as mulheres. Hoje, a gente está no mercado de trabalho, transa mais. Para mim, o motivo dos velhotes passarem a correr atrás das mocinhas é porque não aguentam o pique. No tempo de minha avó, a mulher ficava de perna aberta, passiva, com todas as luzes do quarto apagadas, esperando o garanhão dar a bombada e depois tirar o ronco. Prazer para mulher era pecado, imoral. Agora, eles, vendo que com a idade ficamos exigentes, procuram exercer seu terror com as fedelhas que nem bem saíram dos cueiros, que conhecem pouco de cama.

_ Ê! Marieta, sempre querendo ver o lado bom das coisas.

_ Claro, pois o lado ruim é esfregado na nossa cara contra nossa vontade.

_ Vai dizer que concorda com a exploração do sexo feminino na tevê, na revista. Só faltava essa – resmungou a primeira.

_ Que me importa? Não sou eu que estou me exibindo.

_ Se te convidar, iria?

_ Se a grana fosse boa, por que não? Se existe velho babão, homem solitário, impotente, marido que prefere gastar a energia cobiçando a mulher que não tem do que com a que está ao seu lado, não é culpa minha. Se há homem que fica plantado diante da TV ou folheando revista de mulher pelada, isso é problema ou prazer dele. O mundo sempre teve lugar para os tolos quanto para os ajuizados. Eu é que não perderia essa boquinha.

_ Isso desvaloriza a mulher – bradou magoada a terceira.

_ Não a mim. Pense, pelo menos eu daria alegria aos tapados que não conseguem mulher e precisam da TV para se satisfazer. Além de que, o mundo é dos moderados. A gente tem que aproveitar. Do jeito que a coisa vai, chegará o dia em que gente pelada será comum, e diminuindo o lucro de quem tira a roupa.

_ Isso eu duvido.

_ Pois duvide, é direito seu... – encerrou o papo e foi buscar mais creme para a senhora Anita.

A cliente Margarida, com os pés 34 mergulhados no balde com espumas, começou a afinar discurso conciliador.

_ Ela não está de todo errada...

_ Somos vividas – Roberta, silenciosa até então, viu oportunidade para partilhar da discussão. Pertencia à turma da meia idade, 51 anos, embora vivesse recebendo elogio de ter 10 anos a menos.

_ Hoje – continua Roberta – a mulher de meia idade está valorizada. Sabe por quê? Porque está sabendo se dar o devido valor. Academia, boa alimentação. E jamais se descuidando da independência.

Independência para Roberta traduz-se em cultivar sustento paralelo às posses herdadas dos pais ou ao salário do marido. Independência é exercer atividade profissional compatível com o padrão social, significando igual direito de controlar e mandar no rumo de seu destino, e do da família.

A empolgação verbal de Roberta doía nos ouvidos de muitas. Nem todas estavam dispostas a trocar passeios no shopping, entre outras atividades prazerosas, por maçantes oito horas diárias no local de trabalho. As que eram mães, apesar do acesso às babás e governantas, juravam que atrapalharia a educação das crianças. E as que estavam livre da maternidade, por impossibilidade orgânica ou por livre arbítrio, alegavam que o lar sugava todas as suas energias.

Era a opinião também da senhora viúva, cuja árdua tarefa é gerir a pensão do falecido marido para cuidar dos filhos e da casa com a ajuda de mordomos e criadas.

Cada uma defendia seu estilo de vida.

_ É isso mesmo – a manicura concordava com Roberta.

A pedicura e a cabeleireira menearam a cabeça em sinal de aprovação.

_ Estudar dá independência. Um curso de pintura... Estudar é trabalho. Ler jornais, revista, tudo isso ajuda.

_ O legal é que as coroas tão botando para quebrar. Muita colega minha perdeu os bofes para coroas... – disse Matilde, uma das manicuras, que distraidamente emite opinião que incomoda.

Dezessete anos, espinhas no rosto, palavras irrefletidas, morando em bairro bem pobre, Matilde concluiu com sufoco a quinta série. Falava o que dava na telha. E não tomava jeito. A

Marieta estava cansada de dizer que certas frases não se usam no salão, diante das madames.

Para se ter ideia do estrago, basta verificar os rumos entre si das que se sentiram ofendidas.

_ Que imbecil... – desabafou Margarida.

_ Não sei como a Inês mantém um tipo desse, espírito tão embrutecido – Roberta acrescentou. – Tanta moça decente, mais de acordo, e vai escolher um estrupício.

_ A falta de educação ali parou e fez morada – alguém cutuca.

_ E não se pode fazer nada – Roberta se mostra desanimada.

_ Por que não? – Margarida sugeria uma ideia.

_ Como? – fez o pequeno coro.

_ Pesquisar entre nossas amigas quem não engole a *fera*. E fazer um abaixo-assinado.

_ Abaixo-assinado? – novamente o coro.

_ É modo de falar. Vamos encostar a Inês na parede e deixar que escolha nossas contas ou a desvairada.

Anita passou a frequentar academia.

Comprou aparelhos de ginástica e os colocou no quarto ocioso da casa. O ano era de 1996. Passados seis meses, ela ganhou mais corpo. Contudo, as melhoras não eram significativas em sua opinião. "Meu corpo pouco se modifica, o peso da idade é implacável", desabafou consigo.

De qualquer modo, rejuvenesceu. Comum ouvir desconhecido chutar sua idade, em média, dez anos a menos.

Precisava de atividade para o intelecto. Ela se realizou num curso de relações humanas. Vieram mais cursos de pequena duração. A atividade agradou tanto que tirou o diploma embolorado da parede, apresentando-o para se matricular em especialização na área psicopedagógica. Quando questionada sobre o que esperava do curso, dizia nem saber. Não sabia bem no que o aproveitaria.

Somente guardava a certeza de que devia se aquecer na área, voltar para a faculdade, ressuscitar ou criar círculos de amigos.

Os ouvidos sentiram falta dos discursos clichês sobre as mazelas sociais, pirâmides, status quo, abandono das crianças pelas mães, uso de menor pelo tráfico de entorpecentes nas capitais e na periferia do interior. Discursos tão perfeitos, tão bem estruturados, tão bem organizados e trabalhados, que não tinham outro destino senão ir para as empoeiradas estantes, para os sombrios arquivos da faculdade.

E os autores? Depois de ganhar cargo público, vaga na iniciativa privada, salário e o acesso às vantagens dos assalariados, aquietavam-se. Muitos se esqueciam de que um dia compuseram tamanhas utopias, ou encheção de linguiça na opinião dos mais depreciativos. "O que a gente não faz para se graduar?", Anita ouvia colegas se justificarem.

Anita, madura que era, soube diferenciar as coisas. Aprendeu a distinguir revolução intelectual da suposta revolução social.

A recente rotina a excita, dando nova coloração à sua vida.

De um lado, exercitava o senso crítico, em meio à enxurrada discursiva, exigida na sala de aula. De outro, sacudia o corpo, durante as horas dedicadas à academia de ginástica.

Armindo foi quem deu a maior força. Gostava de mulher de iniciativa, profissional. O que não abria mão era da comodidade de ter a esposa gerenciando a casa, as roupas, as crianças. Podia dedicar-se ao que bem entendesse, desde que não prejudicasse os afazeres do lar. Agira assim com as mulheres com quem dividiu a morada. Mãe, tias, namoradas, todas deviam cuidar do conforto do marmanjo.

Pena que vinte anos atrás, nos primeiros anos de casado, a história era outra. O jovem médico era menos flexível. Se não se declarava contrário, também não incentivava a esposa enfiar-se na pós-graduação. E se Anita se metesse a ir para congressos, gastar horas em idas e vindas em alguma faculdade, a fim de lecionar? Não. A cabeça dele giraria meio que revoltada quando chegasse ao lar e visse que tudo estaria por fazer. Empregada, raciocina Armindo, não dá conta do que só a dona da casa pode fazer.

Imagina! Trabalhar fora uma esposa de um marido mimado pela mãe. Para quem seria pedir muito a simples iniciativa de lavar um copo. Junte ao marido sanguessuga o zelo pelos filhos: dupla complicação.

Hoje, são outros tempos.

Filhos crescidos, o sentimento de posse abrandado, a necessidade de mais privacidade mudaram o pensamento do marido.

Fez questão de ajudar a custear a empreitada acadêmica de Anita.

Mesmo instintivamente, Anita não poupou esforços para se tornar atraente e admirada aos olhos do marido. Não que não fosse. O próprio Armindo a estimava desde que a conhecera. Se traía, se não deixava de se enroscar em outros corpos, nada tem a ver com os reais ou supostos defeitos da Sra. Souza.

No caso dele, a sem-vergonhice é a única explicação para o comportamento adúltero compulsivo.

A esposa desconfiava que o marido pulava a cerca. Por que não tomava providências?

Tempos atrás, Anita apanhou o bichano com a boca na botija. Mas, apaixonada que estava, perdoou. Claro que só o fez depois de ouvir repetidas juras de amor e pedidos de perdão. Que mulher não cederia? Somente as demasiadamente fortes ou que estão à cata de pretexto para chutar o macho porta afora.

Com essa facilidade de camuflar um desgosto, a Sr. Souza dava sinal errado ao marido. Aparentava ter esquecido o incidente ocorrido um ano atrás, o único que ela havia tomado conhecimento.

De lá para cá, o mulherengo tinha aprontado das suas, sem que a esposa soubesse. Havia jurado que nunca ia voltar a praticar tão bárbaro ato, só para acalmá-la. Dois meses passados, no entanto, estava enrabichado por uma prima não se sabe de que grau.

Por que Anita se prende a um homem mesmo estando ela desconfiada de que ele continua traindo?

Para Anita, era uma questão de amor. Para ela era Deus no céu e Armindo na terra. O sujeito representava bem o papel de marido. Era um poço de generosidade, de compreensão, de amizade, de alegria. Qualidades num esposo que agradariam a mais exigente mulher.

O homem a amava de verdade. Satisfazia as vontades. Passeava de mãos dadas. Passado dos quarenta anos, a namorava na praça, e carregava a família para os mais diversos cantos que se pudesse obter diversão. Os sogros não tinham reclamação de Armindo.

Tudo bem que ficava emburrado logo que recebia da esposa a notícia:

_ Papai e mamãe vão passar uma semana conosco.

Chateava-se. Nada de pessoal. Odiava até que seus próprios familiares saíssem lá dos cafundós para vir azucrinar sua privacidade. Não que fosse mesquinho. Podendo, daria a roupa do corpo para que o mais afastado dos primos não sentisse frio.

Da privacidade é que não abria mão.

Gostava de estudar, meter-se na biblioteca e mergulhar nos livros de Medicina, nos artigos, nas monografias, nos estudos de caso. Quando ficava de saco cheio dos ácaros e papéis acadêmicos, pegava a família e ia para onde lhe desse na telha. Jamais a esposa nem a criançada reclamaram do local escolhido. Nem o filho caçula, o mais exigente.

Havia harmonia sincera, forte cumplicidade entre eles.

Os filhos amavam o pai. Sequer o esporádico safanão, devido a alguma pirraça, diminuía a consideração da garotada por Armindo.

A esposa teria nenhum motivo para reclamar. Vinte anos de casamento, e sequer houve um mês que passasse sem duas ou três relações amorosas. Nem na gravidez.

No mais, o que pesa é que Anita quer conservar seu homem, o esposo maravilhoso. Tão diferente, em sua opinião, da média dos de suas amigas. Algumas até com menos tempo de casadas, não escondiam ódio, rezinga diária no convívio a dois e a decepção. Quando Anita comentava as atitudes de Armindo, deliciava-se em ouvir frases animadoras. Semana passada, no clube, quando do aniversário dum colega de família, Anita ouvia meio sorridente.

_ Quê? – uma se mostra espantada pelo entrosamento afetivo do casal Souza. – Está me dizendo que vocês nunca passaram um mês sem fazer amor?

_ É... Por quê? Tem alguma coisa de errado? – Anita questionou, na sua sublime inocência.

_ De forma alguma. Ao contrário, está muito bem. Você está no time das exceções.

_ Exceções?

_ Ela quer dizer que, para a grande maioria dos casais, após um ano do casamento, o pique cai. Fica muito abaixo do que você narrou – interveio outra senhora, ruiva e elegante, enfiada num vestido de gala aveludado azul.

Toda vez que a conversa atingia este estágio, Anita mantinha postura, por assim dizer, de espectadora tímida. Ouvia as histórias tagareladas. Quando se referiam a conhecida ausente no momento, identificavam apenas como uma 'amiga minha'. Etiqueta sensata, que alimenta a curiosidade, sem citar nomes.

_ Nem te conto... Uma amiga me disse que é motivo de festa quando o marido a procura. E o moço tem menos de quarenta e oito anos. Não pensem que ele tem amante. É o trabalho. O trabalho suga toda a energia do marido, nem sobra para uma noite de amor.

_ Nada tenho que reclamar do meu – entra na conversa a Lorita, atraentemente redondinha, com a pinta marrom no canto esquerdo do lábio. – Embora passe viajando até quinze dias sucessivos, quando chega, ele não me dá sossego. E olha, prefiro assim. No tempo que nos víamos todo dia, depois que o fogo dos primeiros anos diminuiu, parecia que íamos debandar para a indiferença. Ele vivia com a cabeça nos negócios. Sorte que a empresa expandiu e exigiu que viajasse.

_ É... Não sei não. Tenho minhas desconfianças. Tem uns que não podem ver rabo de saia – a fala de suspeita vinha de outra mulher, magra, lábios grossos com batom exagerado.

_ Não ponho minha mão no fogo por homem algum – a rechonchuda senhora quis defender o marido. – Mas acredito que o meu nunca fez isto. E se fizer, tem que ser bem-feito, para que eu não descubra. Se não a casa cai.

Continuando com a palavra, a fim de espantar as suspeitas, de preservar a crença que as viagens faziam mais bem que mal ao seu casamento, Lorita acrescenta:

_ Quando se quer trair, não é necessário apelar para viagens cansativas. Do jeito que a coisa está, até dentro de casa as sirigaitas aparecem.

_ Ah, isto é. Tem toda razão. Eu sei dum caso cabeludo – disse a esbelta e de nariz empinado, Sra. Carlota, espécie de fofoqueira da alta sociedade, ao notar oportuna brecha para soltar a malícia de sua língua, até então represada.

_ Uma amiga me disse que vinha desconfiando da presença esporádica duma menina de dezoito anos, financista nalguma empresa, que, para todos os efeitos, trazia documentos para o marido, o qual mantém escritório na própria residência. É contador. Vejam só, o malandro, sabendo que a esposa, gerente de banco, tinha horário para chegar em casa, achava ocasião para deitar-se com a garota na própria cama de casal.

_ Que horror! – exclamou Dirce, que ouve, ouve, nunca fala. Limita-se a soltar gemidos.

_ Como a coitada desmascarou o maroto?

_ De certa forma, contou com a ajuda da vizinha... – Carlota enfatiza.

_ Graças aos céus, ainda existe gente que presta – disse Dirce.

_ Daí? – mais uma impaciente requerendo o desfecho da história.

_ Difícil – continuou Carlota. – O homem negava sempre. A vizinha foi peça fundamental. Ela que viu, através da janela, a garota só de sutiã. Alertou minha amiga sobre a situação mais que suspeita. A solução era dar um flagra. Combinaram que, da próxima vez que a menina viesse, ela telefonaria para o celular de minha amiga. O dia chegou. Ao receber o chamado, deixou o cliente falando sozinho no banco e correu mais rápido que piloto de Fórmula 1, direto para casa.

_ O que não faz uma mulher desesperada? – todas admiraram a coragem da vítima.

A narradora ignorou o comentário e continuou.

_ Em vinte minutos, estava em casa. Se a vizinha estivesse correta nos cálculos, haveria mais uns quinze minutos para os pombinhos gastarem, como era de costume. Não tocou a campainha. Dias antes havia tirado a cópia da chave. Antes, só a empregada ou o próprio marido abriam a porta.

_ E daí? ... – a curiosidade sufocava Dirce. A cara de Carlota fez com que se desculpasse pela intromissão.

_ Subiu a escadaria em direção ao quarto – continuava a narração –, as pernas tremendo muito. Disse que o medo era maior do que aquele que ela sentiu quando estava para ganhar o primeiro filho. Temia o que pudesse pôr fim a um amor de trinta anos.

_ Posso imaginar – sussurrou Dirce.

_ A porta estava aberta. Ninguém lá dentro. Algo a levou para o escritório do marido. Lá chegando, ela encostou o ouvido à porta e ouviu gemido inconfundível. A porta estava trancada por dentro. Nem dava para olhar pelo buraco da fechadura. Derrubar a chave despertaria atenção. Deu a volta pelo lado de fora da casa. Diante da janela, vê a menina sentada em cima da escrivaninha do marido, com a saia e a calcinha sobre a cadeira. O marido colado ao corpo dela. Transavam numa boa. Não fez nenhum gesto. Permanecia ali parada. Como estava na janela, atrás das costas da garota e diante dos olhos do marido, olhos esses que só não a notaram porque estavam mergulhados na doçura que é o prazer. O prazer seria substituído por um calafrio brochante e aterrador, quando olhos se abrissem e, em meio ao torpor que o prazer deixa, focasse o rosto irado da esposa.

A história continuou no grupo de sete senhoras. Anita é que se deu por satisfeita e se afastou. Não gostava desse tipo de assunto, um pouco porque a harmonia de seu casamento deixava de ser o centro das atenções.

CAPÍTULO DEZESSETE

Perseguição

O que poucos sabiam é que Anita desconfiava do marido. Quem imaginaria que, por trás da harmonia tão propagada, haveria uma situação forçada? No fundo, nunca mais teve sossego desde o momento, anos atrás, em que a sirigaita liga e diz que dorme com Armindo. Encerrado o caso, o espírito conserva-se em permanente alerta.

Na ocasião, houve briga, quebra-pau. Tudo como manda o figurino. Armindo veio rastejando, à procura de perdão. Sofreria igual ou mais que Anita. Amava-a, não estando disposto a perdê-la por causa duma aventura que acreditava insignificante.

Apesar de alerta, evitara qualquer investigação, tentativa de flagra. Por quê? Simples. O que menos queria era outra mulher surgindo à sua frente, confirmando as inclinações de Armindo. Caso tivesse rolos, que se restringissem aos cafundós do Judas, que nunca chegassem aos ouvidos. Seguia à risca o ditado que diz que o que olhos não veem, o coração não sente.

E mais, estava decidida a não ter a mesma benevolência, caso aparecesse outra safada. Procuraria a separação. Não suportaria a vergonha diante dos filhos, agora mais crescidos. Da outra vez eram inocentes, nada sabiam da vida. Hoje apontariam a fraqueza da mãe. A de dividir o marido com outra. Inúmeras vezes ela disse para si mesma: "Se existe outra que fique em segredo, por favor, meu Deus, que fique em segredo".

Dor mais que legítima. Não queria perder a primeira paixão de sua vida. Armindo era tudo que sonhara para marido. A cada ano o amava mais e mais. Ela cumpre seu papel de esposa desejável.

Pena que a coisa nem sempre sai como se quer.

O estilo carrasco de Sônia, vendo pouca eficácia nas cartas que enviou ao filho – a esta altura, tinha sido três – resolveu mudar de estratégia e dar o golpe de misericórdia. Contar à esposa. Teve nenhum pingo de remorso ao decidir meter a batata quente na mão da não tão iludida Anita.

Restou a Sra. Souza gemer surdamente quando sentiu o calor abrasador. Viu a queimadura. O mundo ruiu a seus pés. O tão temido impasse havia se instalado entre ela e a felicidade conjugal. Uma carta, fruto duma mulher despeitada pela rejeição, serve para detonar a estrutura familiar.

Anita daria tudo para não ter recebido a maldita carta.

A vida estava fadada à desestruturação. Apesar de ter evitado comentários sobre a carta, o padecimento estava estampado em seu rosto, nas maneiras de agir tão repentinamente acinzentadas. Sufoco esconder a carta, evitar tocar no assunto. Foi o limite dissimular a tempestade.

Armindo sentiu mudanças no comportamento da esposa. Estava mais esquiva, menos carinhosa, a todo custo queria evitar cruzar o seu olhar com o dele.

Toda e qualquer mudança de atitude na pessoa próxima faz com que percebamos de imediato. Como Armindo deixaria de notar a escassez da meiguice e do sorriso acolhedor tão próprios da sra. Souza?

Anita, cada vez mais abatida, exala o fétido ar do desânimo. Ia para o curso sem a mínima vontade. Zelava pela casa com monotonia. Nas atividades sociais que não dá para abandonar, esforçava-se para dissimular as tristezas. Quando questionada, passou a abusar da desculpa de dor de cabeça, que estava num daqueles dias, as preocupações com o mestrado, buscando disfarçar a profunda decepção com o marido.

O que ela se esquece é que há situações indisfarçáveis.

O grande impasse consistia em abrir ou não o jogo com o marido. E se comentasse sobre a carta? Pediria o divórcio ou daria mais uma chance? Anita sabia que o marido barganharia o perdão, a reconciliação. Da primeira vez, se perdoa, cantou Chico Buarque, *só que um dia ela vai embora, pois o perdão também cansa de perdoar.*

Estava disposta a dar um basta na palhaçada. Mas como, se o coração dizia o contrário? Através da exibição dos belos momentos vividos a dois, ele a chantageava para que tolerasse Armindo, para que visse as vantagens do bom marido. Compreensível, responsável, carinhoso. Enfim, choviam alegações a favor, próprio do sujeito indeciso quanto a abandonar a situação, ainda que ela faça mais mal que bem.

O amor pelo marido era a pedra no caminho que a impedia de falar em separação.

O impasse se arrastou por semanas. Sendo pessoa que abomina escândalos, que guarda tudo para si, natural que o sofrimento de Anita fosse triplicado em relação a alguém mais impulsivo.

A frustração gera energia negativa tanto quanto o êxito produz energia positiva. Se a energia positiva não se aguenta e arrebenta na felicidade que promove sorrisos, pulos de alegria, o que dirá da negativa? Igualmente deve ser liberada. E a válvula socialmente aceita é o choro, o quebra-quebra, e, no máximo, distribuir palavrões e tapas. A maior parte dos estressados e pessimistas é o retrato vivo dos distúrbios que a energia negativa reprimida gera.

Tudo isso para dizer que, guardando a imensa dor só para si, Anita se arriscava a desenvolver perturbação psicológica.

O marido veio a perceber realmente que a coisa estava brava quando viu a represa fechada. Há um mês e meio que ela sequer permitia que a acariciasse. A lei seca havia se instalado.

Fuçou, fuçou, e por fim achou o motivo. Através de Sônia, ela descobriu o caso dele com Diana.

Na mesma noite, Armindo levantou-se da cama, foi à gaveta e apanhou as cartas endereçadas ao filho mais velho, e as entregou à mulher. Voltou e se sentou na cadeira de balanço, como que esperando que a esposa, meio cabreira, visse e lesse as cartas.

Quando a esposa mostrou que havia concluído a leitura, ele comentou:

_ Está vendo? Esta mulher me persegue. Quer meu couro. E sabe por quê?

Anita ainda teve um movimento com os lábios, mas reprimiu a voz. Queria ouvir a desculpa balbuciada pela boca que a enganara durante anos.

_ Mas eu digo... Tivemos um caso. Um acidente de percurso.

Novamente a Sra. Souza quis intervir, perguntar o que ele considerava acidente de percurso. Era todo ouvido.

_ Um caso. Fraqueza minha de dois anos atrás – aumentou o tempo propositadamente. – Mas num certo momento, pensando na minha família, me toquei do erro e quis, sim, quis desfazer tudo. E desfiz. Mas ela não aprovou minha decisão e está no pé que nem pulga, numa perseguição daquelas.

"Nem numa hora dessas, ele se presta a um papel menos presunçoso", concluía, mirando o marido de alto a baixo.

A raiva fez desabar o edifício de respeito e consideração que conservava por Armindo.

Queria Armindo que a esposa entendesse as cartas como alguma cilada de gente mal-intencionada? Se ele admitiu que o envolvimento com Sônia, negou piamente relacionamento com Diana. Afirmou que não passava de invenção. Sustentava, chegando a jurar, que estaria livre de qualquer aventura.

_ Por quê? Você me perguntaria.

Prosseguia o artista adúltero a encenar diante da esposa, sentada na cama, que ora o fitava com desprezo, ora devotava fingida atenção às próprias unhas.

_ Porque eu sei que meu lugar é do lado de minha mulher, de meus filhos. Que ninguém conseguirá nos separar, a menos que você consinta com esse absurdo.

O ódio represado da esposa rompeu. E não só o ódio. O abajur que ornava o criado-mudo foi o primeiro objeto a sucumbir, arremessado em direção a Armindo. A mulher estava descontrolada. Quadros rachados, espalhados ao chão. O doutor, que nada tinha de bobo, pulou fora do quarto, frações de segundos depois de ter a testa bombardeada por um jarro chinês de porcelana. O sangue escorria, mas ela nem aí, nem percebera sangue algum. Importava apenas em banir de sua presença a repugnante imagem do marido.

Cerca de meia hora, tudo acabado. O quarto, que levou meses para atingir as exigências estéticas do casal, em poucos minutos estava um caos.

O marido arrumou um pretexto e saiu. Sabia que a mulher precisava dum tempo sozinha.

Rodrigo, acordado pelo barulho, desceu para a sala. Lá teve seu espanto. Viu a testa do pai rachada. Devagarzinho subiu ao quarto da mãe e a encontrou num minúsculo espaço, no vão entre a cama e a parede. Chorava que nem criança. Soluços compulsivos, sem, no entanto, abrir mão do instintivo charme de mulher madura.

O filho mais velho há tempo deixou de ser o queridinho da mamãe. Tinha sede de emancipação, de provar que deixou as fraldas. Forçava a crescente distância da mãe. No entanto, quando a viu como indefesa, como alguém abandonado, o adolescente retomou a atitude de carinhoso e companheiro.

Rodrigo agachou-se ao lado da mãe. Deixou-se acariciar ao mesmo tempo em que afagava. Queria aplacar a dor. Dor tão bem adivinhada através do choro.

Permaneceram ali uns bons minutos.

_ Mamãe, que foi que aconteceu? – em prantos, perguntou afinal.

Anita cessou o aguaceiro. Evitou comentar o motivo da estampada depressão. O filho desceu para tomar o café, a fim de seguir para a escola. A mãe faria o mesmo. Antes, porém, chamou a governanta via interfone. Pediu para dar conta de arrumar o pequeno incidente no quarto.

_ Sem comentários, apenas faça o que peço, obrigada – exigiu a Sra. Souza, assim que leu na face da governanta a curiosidade.

Anita entrou no luxuoso banheiro do quarto, para o qual não havia consenso entre as visitas. Era mais bonito ou mais espaçoso?

O tempo cura as feridas. Resolve os dramas.

Duas semanas mais tarde, o casal estava junto. Sim, transando e tudo. Como? Aceitou a mentira do esposo? Em parte.

O amor que ainda nutria pelo malandro tornou o terreno fértil para aceitar a farsa. Vale lembrar que Anita não sabia que era mentira, que estava realmente mantendo o caso com Diana. Era a palavra do marido contra a intriga duma ex-amante. A atitude de Sônia daria a entender, até mesmo a uma esposa menos amorosa, que se tratava do desejo de reatar com o antigo amante, para isso seria ideal detonar o casamento de Armindo.

Acrescente que Anita é louca por Armindo, e está tudo explicado.

O amor que sentimos por alguém não é tudo. É apenas um lado da moeda. E a moeda tem dois lados. Precisa de um empurrãozinho da outra parte para transpor barreiras. Sendo Armindo especialista nesse tipo de empreitada, agiu com destreza, dando o impulso último à decisão da esposa.

_ Então se não tivesse ela interesse em nos separar, acha você que ela agiria com tanta insistência? Que faria o possível para que todos os membros da nossa família soubessem do caso ocorrido tanto tempo atrás? Na carta diz que quer ser sua amiga. Você acredita? Manda carta que te faz sofrer e ainda vem com essa de amizade. E por que não foi atormentar a tal da Diana? Simples, porque a tal da Diana nada tem a ver com o caso, e a farsa seria descoberta.

A aparente sinceridade em se justificar tocou mais a Sra. Souza que as palavras um tanto confusas.

A mulher, vendo a testa do marido rachada, costurada por cinco pontos, conservava o costumeiro silêncio, mistura de tristeza e desconfiança.

Escapar de eficiente persuasão é coisa para poucos. Mais difícil ainda quando vem de alguém com quem se divide o teto, a intimidade. Assim, achou razão na tagarelice. A carência de Anita estimula a iniciativa carinhosa de Armindo. Ela, que não é de ferro, cede. E o moço acha que está tudo resolvido.

O que o doutor não contava é que as coisas iriam mudar. A mulher passaria a não fazer mais papel de tonta. Levaria a cabo qualquer suspeita de adultério, buscando descobrir a verdade. Estaria disposta a tudo, a não perdoar o menor vacilo.

_ Te digo uma coisa – fez-se de forte para dar seriedade às palavras. – Como o bandido volta sempre ao local do crime, se você estiver me enganando, voltará a aprontar e eu saberei.

_ Nunca saberá por que não te enganarei.

_ Sim, espero... Mas suponha que aconteça. Se eu descobrir, vou tomar uma decisão certa. Mesmo que eu sofra, porque vou sofrer, pois te amo muito, não hesitarei em acabar com tudo. Aí você pode ir atrás da vagabunda. Desisto de ficar nesse tormento, fazendo papel de tola.

_ Isso nunca acontecerá.

Para Armindo, natural que as promessas fossem da boca para fora. E acredita que não seja por maldade que agia assim. É para silenciar a tensão que lhe perturba em tais momentos críticos. Apesar das lágrimas, prantos e juras de eterna fidelidade da noite anterior, no dia seguinte, ao avistar na rua um corpo que agrade, a cabeça voltará à rotina, e o desejo de variar se reacenderá.

"Se as mulheres são tontas a ponto de nos pedir fidelidade, para que nosso instinto ceda a seu egoísmo exclusivista, eu sou, de minha parte, igualmente sensato em promover juras e promessas... Mas daí a cumprir, são outros quinhentos. Quem pediria a alguém que jurasse que nunca mais comeria, nunca mais expeliria os excrementos, nunca mais beberia água? Só se fosse desumano. A mulher é desumana quando exige do homem a abominável fidelidade", desabafava vez por outra o doutor Armindo, quando se sentia sufocado pela cobrança da esposa.

Ia justificando seus atos desonestos, mesmo que as justificativas fossem as mais bizarras, as mais incompatíveis com a cultura monogâmica em que vive.

Para o lado de Diana, é que a coisa estava um pouco atrapalhada.

Na faculdade, a professora Sônia atormentava. Ao perceber que as cartas enviadas à família de Armindo não deram o efeito esperado, Sônia investia contra a garota. Conclui que a esposa era uma corna conformada e nada faria para brecar as aventuras do marido. Mas ela é quem não daria tranquilidade aos dois bandidos.

Nem parece, mas Armindo e Diana ficaram dois meses sem se verem.

Nesse meio tempo, o casal Souza parecia desfrutar a segunda lua-de-mel.

A trégua se extinguiu. Os impulsos antimatrimoniais voltaram à tona. Armindo voltou a cercar a pobre budista. E logo naquele tempo, depois de longos dois meses dedicados a intenso daimoku, traduzindo a disposição de Diana de pôr fim ao conflito que a perturbava. Diante das orações que *nunca ficam sem respostas*, queria uma que dissesse se devia livrar-se do doutor ou lutar por esse amor.

O doutor tanto buliu com o que estava quieto que conseguiu.

Desta vez, Anita estava de olhos bem abertos, e não se deixaria malograr com facilidade. As indiretas pipocavam a cada pretexto que o marido dava para sair de casa, ou quando chegava tarde.

O casal passou ao estágio das ironias. E as suspeitas de Anita passaram a se concretizar.

Foi ao encontro da tal Sônia na faculdade. Sentia-se no dever de abordar alguém que teve a audácia de lhe escrever, depois que se deitou com seu marido.

CAPÍTULO DEZOITO

Mais Uma Que Sofre

Se algo pudesse servir de consolo para a Sra. Anita, diante de inconvenientes intromissões de Sônia, seria saber que Diana estaria padecendo de tormentos iguais ou superiores aos seus.

Fato é que Sônia achou melhor mudar de alvo ao notar que perturbar o sossego conjugal de Anita não surtia o efeito desejado: de tornar a esposa uma poderosa aliada para detonar o caso de Armindo com Diana.

Resmungava consigo.

_ O mundo continua o mesmo. Com ou sem revolução, acomodados são o que não faltam. Pensei que ela fosse uma iludida, mas é conivente.

A aparente indiferença da esposa forçou Sônia a se voltar contra Diana. Resolveu bater de frente com a causa do seu problema.

_ A mosca morta da mulher dele nunca me prejudicou. O negócio é a sonsa da Diana. Mas deixa estar...

Visualizou a menina como o alvo e partiu para o ataque.

Ao contrário do modo como abordou os membros da família do Dr. Armindo, com Diana foi mais direta. Certo dia cruzou com ela no estacionamento. E que não se espante com as palavras ásperas que a boca da doutora jorrava. É bom lembrar que, quando se sente lesada, a pessoa perde a compostura, dando espaço para hostilidade e má educação.

_ Então você é a Diana? – a frase lambuzada de rancor. Sônia mirava a menina de cima a baixo. Desprezo nítido.

_ Sim... – respondeu a quartanista.

Diana sabia de quem se tratava. Tinham pouca intimidade. Após o primeiro ano de curso, quando a teve como professora, muito raramente dirigia a palavra. Sônia sempre fora pouco acessível aos alunos.

_ O Armindo, como vai?

_ Ah? – a universitária espantou-se com a pergunta direta e constrangedora.

_ Armindo. Ué, vocês não são amantes?

O rubor tomou conta da face de Fiorini.

_ Me desculpa estar entrando na sua intimidade. É que todo mundo sabe que vocês... Bem... Quando me disseram que você era budista, não acreditei.

_ Quê? – ficou sem entender.

_ Achei que budista não gostasse de promover o mal intencional.

_ A senhora está delirando.

_ Então ajudar um marido a trair a esposa e perturbar a criação dos filhos não é fazer mal?

_ Está enganada.

_ Enganada, eu? Por acaso esquece que quem se deita com ele é você, não sou eu. Deita-se com um homem casado. É cúmplice de farsas, mentiras. Quer coisa pior? Quer maior prova de falta de humanismo?

_ Está enganada.

_ Não sabe falar outra coisa? Ou não quer enxergar o erro? Armindo é casado, não é? Tem filhos, não tem?

_ Nós nos amamos.

_ Quem ama precisa ficar escondido, mentindo, estragando a vida de quem quer que seja? Se ele te ama mesmo, por que não te admite em vez de ficar em cima do muro? Transa contigo quando tem vontade, mas todas as atenções e considerações são para a família dele. Amor esquisito esse! É bem capaz que ele tenha até outra amante, e você não passa de um capricho.

_ Quê?

_ O que você ouviu. Quem te garante que ele não tem outra?

_ É mentira. Armindo não faria isso. A senhora mente, está com despeito porque ele a abandonou. Quer me confundir a cabeça.

_ Olha aqui, em primeiro lugar, não sou sua mãe para me chamar de senhora. Em segundo, eu sei que ele falou de mim para você.

_ Claro. Suas cartas...

_ Sim, minhas cartas. Mandei para a família dele. Mesmo não sendo budista, acredito ter mais respeito ao próximo do que você. Escrevi na intenção de ver uma criatura sair da confiança cega no marido.

_ Quer enganar-se a si mesma? Faz tudo isso apenas porque ele a deixou. Não se conforma e quer atormentar – Diana repisou a ferida de Sônia.

_ Essa é a mesma ladainha dele. Aprendeu com ele, logo se vê. Pra teu governo, fui eu quem pôs fim ao caso. Meu corpo bem que queria. Mas minha consciência e respeito por mim fizeram com que o abandonasse. E sabe por que o abandonei? – Sônia mergulhava na mentira inconsciente.

_ Vi que ele queria diversão extra – continua a professora – e nada mais, queria um corpo a mais. Quis o meu. Agora usa o seu. Imagina que vá te dar mais importância do que para as outras? Tolinha. Você é somente mero corpo jovial nas mãos dele. Ele nem se preocupa com seus sentimentos. Melhor ficar esperta. Na hora de ele escolher entre a família e você, ah, tadinha, nem te levará em conta. Ou seria diferente? – ironizou. – De tantas que teve, alguma vez se separou da esposa?

No íntimo, Diana via que Sônia estava certa. Mesmo porque o impasse havia aparecido meses atrás. E Armindo tendeu para a família. A lembrança do episódio balançou as pernas de Diana. Teve que se encostar no carro. Por um momento, viu os lábios e a língua de Sônia trabalharem maquinalmente. Sequer podia compreender uma palavra.

Acordou nesta frase.

_ Teu jeito de sonsa não me engana. Também, com vinte anos nas costas não ter namorado fixo, só podia dar nisso: caçar marido alheio.

_ Ahn... – voltou a si.

_ Armindo encontrou a pessoa certa. Alguém tão irresponsável e farsante como ele, que só quer transar e viver sem compromisso.

_ Está me ofendendo... não lhe dou o direito.

_ E o que faz com a vida dos outros? Já pensou que mal faz para a esposa do infeliz toda vez que ele mente que está num lugar, quando na verdade está se enroscando contigo?

_ Isto não é da tua conta.

_ Claro que não. Por que não abre o jogo? Tira a máscara de certinha e assume a sem-vergonhice. É isso que teu budismo te ensina, a ser falsa?

Diana deixou Sônia falando com as moscas.

Conseguiu escapar da enxurrada de frases pouco agradáveis, mesmo a uma pessoa nada sensível. E Diana sempre foi supersensível.

O estado emocional a impediu de entrar na sala. Sentia-se meio que perdida. A vontade era pegar o carro e sair em disparada.

Evitou essa opção, a fim de não se esbarrar de novo com a megera lá no estacionamento.

Escolheu o banheiro. Homens e mulheres controladíssimos optam pelo banheiro para, só ali, desaguarem as lágrimas.

Desde que se afastou de Sônia, as lágrimas brotavam em abundância. No meio do percurso, caíam torrencialmente, de modo que no banheiro restaram apenas uns expressivos soluços, delicados socos sobre o mármore.

Lavou o rosto. Caminhou cabisbaixa para a sala de aula. Menina aplicada como Diana Fiorini, mesmo às voltas com perturbações emocionais, teima em cumprir as obrigações escolares. Hoje é dia de seminário. Sabe o que quer dizer dia de seminário? Duas coisas: boa nota ou ferro, inclusive dos amigos.

Que grupo encararia numa boa o prejuízo na nota do seminário por problemas pessoais? Se um dos membros vacila, o grupo todo sofre no conceito final que o mestre confere.

Entrou na sala. O *slide* ligado exibia as projeções na grande tela. Ufa! Não estava atrasada. O seu grupo seria o próximo a entrar em cena.

Como o tempo estava espremido, conseguiu escapar da interrogação que poderia gerar o rosto enrugado pelo choro. No momento, o clima favorecia exclusivamente perguntas acerca de detalhes quanto à apresentação iminente. Além de que, é falta de consideração para com os que estão lá na frente expondo seu trabalho.

_ E aí? As transparências – urro uniforme das colegas.

_ Tudo Ok. Estão aqui...

_ Valeu – alívio geral.

É preciso conferir os últimos detalhes. Checar as falas e o tempo de duração de cada slide.

A apresentação acabou. Depois de uma hora e quarenta minutos, professora dava por encerrado o seminário.

Novamente Diana circula pelo estacionamento. Agora, de partida.

À medida que, dentro do veículo, contorna o pátio, avista o tumulto de caronistas lá na frente. Como de hábito, dá carona.

_ Vai pro Centro? – sobressai uma pergunta da enxurrada de vozes.

_ Sim, pode entrar...

Mas ao ver a quantidade que pleiteava vaga, acordou: "Desculpa, mas posso levar até três..." Se deixasse, entraria mais gente do que a lei permite conduzir.

As universitárias eram colegas. Nem a mudez da motorista inibira a tagarelice entre elas. Diana pouca atenção dava. Já era difícil se concentrar ao volante.

Em casa, a estudante de Medicina se viu vergada durante um bom tempo com o peso das frases que Sônia atirou sobre seus ombros. Apesar de sensível a escândalos, baixarias, a cara feia e as palavras rústicas de Sônia pouco lhe desequilibravam.

O que mais a angustiava era a crescente certeza de que Armindo a encarava como mais uma de suas amantes.

CAPÍTULO DEZENOVE

Não Há Oração Sem Resposta

Não existe oração sem resposta, não existe oração sem resposta, diante do Gonhonzôn, sentada na cadeira, Diana murmurava uma das máximas do budismo de Nishiren Daishonin.

Era começo do envolvimento com Armindo. Devia se decidir se aceitava as investidas do Don Juan do campus de Ribeirão Preto. A pressão a agitava. Passou a realizar exaustivas orações diante do oratório. Sempre rezou, mas não de modo tão intenso como ultimamente. Raro se estender além de meia hora.

A consciência esperneava, devia desistir da ideia. Para o corpo, devia ceder. As orações nada diziam. Aliás, como fazem. O que dão é suporte para que pessoa tome a decisão que julgue mais acertada.

Diana resolveu lutar. Optou pelo amor. Para tanto, precisava acreditar que Armindo estaria no papel de injustiçado. Casado, mas ao lado de quem não amava. Como pai, amava os filhos. Que razão melhor para manter o casamento de conveniência? Era homem desleixado e dependente de cuidados da esposa. Não arriscaria perder a esposa por uma aventura. Diana imaginou que, ficando ao lado dele, provando que o amava, cairia em si e veria o sacrifício incondicional da universitária. Enxergaria a relação de confiança, duradoura. Pediria, imaginou Diana, a esperada separação. Tomaria novo rumo, o de cultivar algo mais sério na companhia de Fiorini.

Para dar início ao sacrifício incondicional, Diana começaria a fechar os olhos à condição de amante. Taparia os ouvidos às acusações da consciência.

Os crentes se armam com complexas fantasias, a fim de suavizar a áspera realidade. A intenção é manter viva a crença. O amor também é uma crença. Traduz-se no desejo que o outro ame tanto quanto é amado, ou que venha um dia a amar. Fantasiar o porvir serve para amenizar as duras pauladas da realidade. Do contrário, a realidade amedrontaria até o mais bravo entusiasta.

A crença pode ser muito boa, mas se deve desfazer a ingênua máxima de que a fé remove montanhas. Muitas vezes nem a pessoa se mexe. E o que se espera pode nunca se realizar.

Diana construiu todo um castelo de esperança.

Devia arriscar-se. Começou o namoro. Ignorou as observações da prima e de parentes. Abandonou a própria pessoa para viver a vida de outra.

De repente, a cacetada traz à tona a realidade. A moça cai em si. É o custo do prazer. Que ingenuidade a minha de acreditar que comigo seria diferente, Diana se zangou. Sacou que o cara enxergava nela apenas o corpo juvenil, o prazer proibido. Que história tola a de fidelidade.

Sônia fez o papel de condutora da boba estudante aos fatos. Vinha sabe de onde arrancá-la da fantasia e impor responsabilidade a seus atos. Detonada a ilusão, Diana se enxergou como era vista aos olhos que defendem a fidelidade no casamento, como uma safada que lesa a paz familiar, o vírus prestes a detonar a harmonia conjugal, o verme que corrói o elo entre pais e filhos.

Era imperdoável.

Seria muito mais fácil se Diana estivesse nem aí para a moral da monogamia. Mas como se nascera e foi educada nesta monogamia?

O modelo estava dentro dela, despido do romantismo. Algo que nem ela sabia que sentia emergiu. Na verdade, não era deitar-se com um homem casado que a perturbava. O que desesperava é que tinha que dividir o cara com a outra, talvez outras.

Passou a desconfiar do amante

Queria uma pessoa só para ela, como toda mulher nutrida, bem resolvida e perfumada tem o direito de desejar.

O que fazer? Que rumo seguir? A dúvida pairava dolorosa sob Diana. O egoísmo só tolera o amor que o alimente, não que o fruste.

As dúvidas aumentaram com as duras palavras de Sônia. O choque serviu para analisar o que realmente esperar de Armindo. Depois que Diana experimentou o que antes apenas sonhava em relação aos homens, é bem mais fácil entender o desejo de manter a relação com o doutor. Como interesses econômicos não existiam de parte de Diana, ficaria focada na satisfação amorosa.

Encarava o doutor. Questionava se daria o que ela necessita.

Budista não é sinônimo de tapada. Tem seus interesses práticos. Se ela possui o coração para não fazer mal ao semelhante, para seguir as normas da sociedade, não quer ser mártir.

Se Diana é desprovida da ambição de casamento vantajoso em termos materiais, desejava pelo menos que as atitudes do sujeito estivessem de acordo com as regras humanistas, fosse trabalhador e, sobretudo, fiel.

A única coisa que tinha certeza era que do modo que estava não daria para continuar.

Abominava a condição de amante, de encontros escondidos, de esconder até para os mais íntimos o nome do amor. Nunca ir a uma festa, a um evento público ao lado da paixão seria demais.

A cabeça dava voltas. Numa hora via como solução acabar tudo. Noutra, estava perdida, sem saber que caminho tomar. Se dependesse de Sônia, os miolos de Diana entrariam em curto-circuito. Queria levar a menina ao hospício de tanta apreensão.

E tome daimoku. Só diante do oratório, Diana se sentia fortalecida.

De outro lado, Sônia estava obstinada.

Acordou para algo distinto das pesquisas, das aulas, da vida acadêmica. Deixou-se arrastar pela ira da paixão frustrada. Promovia o terror para acabrunhar o doutor. Nesse sentido, qual a melhor ação? Ora, atormentar Diana, o caso atual de Armindo.

Que habilidade Sônia aplicava na perseguição implacável! Graças à professora, em pouco tempo, todo o departamento sabia que Diana, filha do Vicente da Tesouraria, era amante do professor Armindo de Souza.

O que abrandava o peso dos boatos era que numa universidade do porte da UEP são poucos que doam demasiada atenção à vida íntima de quem quer que seja. As pesquisas, os interesses acadêmicos e a vontade de progredir consomem boa arte da energia.

Por essa razão, se há gente preocupada com a vida alheia, esta é encontrada com mais facilidade entre pessoas sem poder de mando, pouco prestígio acadêmico, pouca ambição profissional e, claro, que aprecie fofoca. Ainda bem que são poucos os que se prestam a este papel.

Comentários maliciosos carregam efeito vexatório. Quem está a salvo de picuinhas? Em qualquer esfera social, poucos estão a salvo de picuinhas, de comentários nocivos.

O que incomodava Diana eram as caras feias que professores faziam diante dela, em plena sala de aula. Os alunos, exceto os amigos, tiravam uma lasquinha para humilhar.

Desde o momento que trocou palavras com Sônia, um desânimo abateu sobre a universitária. Sentia-se em cima do muro, querendo descer para um dos lados, mas não tendo coragem. Por quê? Temia que ao impor sua escolha, o doutor optasse em continuar na infidelidade.

Não levava fé em Armindo, ainda que aceitasse recomeçar o namoro.

Armindo havia mudado a fala. Dizia que a amava, que ao lado dela descobrira algo especial, diferente de todas as outras, que estava disposto a lutar com todas as forças para ficar ao seu lado.

_ E ao lado da tua esposa também – Diana cutucava às vezes.

_ Sabia que já não me deito com ela?

_ Desde ontem?

_ Não, faz dois meses. Durmo na sala – disse cabisbaixo.

Um silêncio pairou.

Será que está falando a verdade? Diana tinha lá suas dúvidas.

Uma coisa é certa. Se antes não dizia que transava, também não negava. Certa vez, deu a entender que para a esposa não desconfiar, devia comparecer... Isso despistaria a desconfiança.

Passaram-se oito dias do encontro com Sônia.

Dias terríveis. Neles perdeu a noção das vezes que recusou atender ligações do doutor. Fugia da presença dele na faculdade, dos recados na secretária eletrônica, do que a empregada havia anotado. E os bilhetes? Definitivamente foram dias difíceis.

Temia sucumbir, não resistir à tentação.

Resistia porque tinha orgulho. Havia dado muitas provas que o amava. Havia tolerado, contra a própria natureza budista, mentir, enganar, promover as piores desgraças para uma esposa e mãe que não merecia tal humilhação.

_ Chega, tudo tem limite. Chega de fazer o papel de outra. Não preciso disso. O cara não me ama. Do contrário, não me manteria na escuridão, nem enganaria a própria esposa. Fico sem ele, mas com minha dignidade. A gente pode mudar o que considera errado, basta querer, agir diferente. Odeio infidelidade. E o que faço? Favoreço que alguém seja infiel. Paro com isso.

Negava-se a cair em contradição com sua fé.

Queria o homem inteiro. Se ele tem mulher e dela não quer se separar, que fique lá, e me deixe em paz. Pode demorar, mas vou encontrar uma pessoa que pense como eu, que queira constituir família.

E as convicções que iam se formando não se limitaram a ficar presas na sua cabeça.

Às seis horas da tarde desse oitavo dia de inquietação, Armindo ligou. Ela aceitou atender. Diana aproveitou para impor suas condições. Como o doutor não se decidia.

_ Sei que será difícil para você. Por isso, quero que não se enerve. No fim, foi bom nos conhecer. Gostei. Tchau.

Ele tentou ligar novamente, seguidas vezes. A insistência devia-se mais por ter tido o telefone desligado na cara. Para esse homem que teve inúmeras parceiras, desbravou os mais variados sentimentos, conquistou as mais resistentes, as frases carregadas de afeto, amor, ressentimento, pouco significava.

Acostumou-se a esperar tranquilamente. Aguardaria o dia que a mulher cairia em si, pararia de frescura. Envergonhada de pedir demais, o malandro dela se aproximaria, estendendo a velha lábia, como um oportuno cobertor que aquece o gélido desespero.

Arrependia dos vexames, em dois tempos a parceira o cobria de beijos e lágrimas. O perdão dele estava embutido nos carinhos.

Armindo tirava a conclusão de que, em caso de mulher, basta ter paciência para suportar os momentos histéricos que a recompensa uma hora chegaria.

Mas um dia a casa cai. Nem o mais popular rei nem o mais forte combatente são eternos. Chegou seu dia de amargar.

Diana fez o malandro bambear. No início, Armindo a considerava como um corpo como outro qualquer. Claro que tinha suas peculiaridades. Mas para uma pessoa que vê no outro apenas objeto sexual, difícil enxergar traço que valesse investir em relação mais séria.

De uns dias para cá, ficou bobo. A privação operou maravilhas.

Impedido do contato com a estudante, o médico padecia de dolorosa frustração. Era ela quem não o queria mais, que o pôs na geladeira. Essa nova realidade, de ter sido descartado, perturbava seu histórico de conquistador.

Em vez de abandonar, se viu abandonado.

No torpor do abandono, Armindo deixou-se agarrar pelas fantasias, pela carência da vida afetiva que o caracterizou até conhecer Diana.

Enxergava claramente que estava enrolado. Sentia a falta da moça, de seu sorriso, suas palavras. Era tempo de ter cessado o interesse, ponderou. Estava longe de seu costume gastar mais de dois meses dando atenção a uma única e exclusiva amante. Pensar que o caso com Diana o consumia por um ano. Pior, ele não dá mostras de se enjoar. Cada dia a desejava mais.

Era malandro, mas tinha pontos confiáveis. Ora, mesmo garanhão, formou família, mantendo-a por anos a fio. De saída, uma profunda diferença com relação aos malandros solteiros e separados.

O problema é que Armindo nunca amou.

Diana foi a primeira a despertar esse sentimento. A malandragem do doutor havia se originado devido à própria condição de até o momento haver sido indiferente ao amor.

A esposa, bonita, rica e gentil, não despertou o algo a mais, o sentimento que faz o companheiro querer permanecer junto, e sofre só em imaginar que a mulher possa partir.

De sua parte, Diana resistiu no início de forma bem mais demorada e que exigiu esforço duplicado do velho namorador. A resistência que Diana impôs tornou Armindo irado a media que aumentava seu desejo. A esquiva da universitária contribuía mais e mais para a irresistível atração que o médico sentia.

_ Que droga! Parece que tem o rei na barriga, que tem bunda de ouro – resmungava.

Esse desabafo tinha sido antes de ter trocado o primeiro beijo. Penou pra caramba. Acostumado a usar e a jogar fora, viu-se atazanado. Arrastar-se atrás de uma menina nem tão bonita, dizia consigo, era o fim da picada.

Reclamava, reclamava, mas não largava o osso. Quando a universitária cedeu, o sujeito virou um poço de felicidade.

E, agora, tudo pelo ralo.

CAPÍTULO VINTE

O Impulso Vence A Covardia

A sociedade não costuma proibir o encontro dos enamorados. Ao contrário, dado o casamento por amor, incentiva-se a iniciativa de querer ficar juntos. Está fundamentada justamente em estimular que ele corra atrás dela, ela fuja, adiando o desfecho.

Quando acontece de a mulher correr atrás do homem, e este posar de difícil, o sofrimento, o despeito, não é menor. Com a emancipação feminina, elas passaram, com mais frequência, a sentir na pele as desvantagens da investida rejeitada.

O rolo entre Diana e Armindo estava no tradicional. Ele corria atrás, e ela fugia. "Será que o cara não vai me deixar em paz? Será que não desconfia que encheu?", a quartanista reclamava.

O doutor também ruminava: "Por que ela faz isso comigo? Quem pensa que é? Droga, acho que estou mais ligado nela do que deveria. Isso é o fim".

Fim, fim, propriamente não. Mas dava desespero danado. O sujeito estava fora de sintonia. Noutro caso, teria desistido. Sim, desistido. Que amante ocupou o centro das atenções por tanto tempo? Nenhuma.

Se dependesse dele, teria partido para outra. Universitárias belas, meigas, com sorriso encantador, que despertassem a sua taradez, havia de montão no campus. O problema é que encanou com Diana. É tão difícil explicar o motivo da encanação quanto do deixar de estar encanado.

_ O que está havendo? Por que não sinto nada crescer em mim quando me esbarro com a Angélica? E a Márcia? Não, só pode ter sido algum vírus que a budista me passou.

Se a falta de atração por outras mulheres fosse sintoma do portador de HIV, ele estaria contaminado. Infelizmente, se faltava apetite em relação às outras, para Diana havia de montão, se a moça quisesse ceder ao doutor.

_ Só pode ter sido ela. Me enfeitiçou. E para quê? Para me deixar contrariado? Não há outra explicação. Me deixou na mão, não quer saber de mim.

Em sua lamúria, o sem-vergonha se esquecia de uma coisa: sempre agiu assim com as mulheres. Agora, chegou sua vez de amargar a acidez da dispensa, de ser posto para escanteio.

O mais desatento budista exclamaria com razão: está pagando por suas causas negativas. Muito abandonou, até que se viu abandonado. Muito seduziu mulheres apaixonadas e depois as presenteou com um pé no traseiro. Agora, seduzido por Diana, está tendo o que merece: o pé no traseiro.

A química que torna o conquistador um conquistado é complexa. O que importa é a transformação operada no comportamento. No caso do Dr. Armindo de Souza, passou a ser penoso viver cada dia sem a imagem de Diana, com os olhos de ameixas, com a voz delicada. O aperto incômodo no peito.

A exclusividade, a abstinência vinham como consequência. Não conseguia olhar para ninguém com ares de desejo. Apesar de ofendida no início, mantendo relativo embargo sexual, semanas mais tarde a Sra. Souza veio a ceder. A desculpa: o amava. Armindo é que não quis, melhor, que não conseguiu. Armindo se viu tão contrariado. Queria possuir a esposa, mas a imagem da quartanista brochava a ação.

Anita percebeu. O marido amava outra.

Durante anos sem notar o óbvio por que de repente acordaria para a realidade. A explicação é que Anita nunca havia percebido as desatentas palavras, os embaçados olhares, a indiferente respiração e o gélido toque do marido na hora de fazer amor. E nem perceberia por que antes Armindo sempre teve a intenção de acrescentar outra ao lado da esposa, não de substituí-la.

Armindo satisfazia o desejoso com várias, mas a fidelidade afetiva era dirigida a esposa.

O equilíbrio já era. Anita entendeu que sua presença ali ou na China daria na mesma. Haverá relação mais complicada do que a dois? Uma loucura de paixão no início. Enxurrada de ciúmes, de benzinhos, de beijinhos, de carinhos durante. E, no fim, a tempestade de ofensas, o ódio, o praguejar.

"Dizem que tudo na vida tem um preço. E que nem a convivência a dois escapa. Mas, será que tenho que pagar preço tão alto," Anita se perguntava.

De qualquer maneira, Anita despertou do torpor. Sentindo o ódio fluir por todos os poros do corpo, tomou a dianteira da concorrente Sônia, e, como mulher sentindo-se lesada e sedenta de vingança, procurou infernizar a vida não só da pobre Diana, mas, sobretudo, do marido.

A começar por mandá-lo para o diabo que o carregasse. Ele não quis saber do diabo, mas teve que aceitar sair de casa e aturar um hotel por uns dias, depois pulou para o motel, que era mais barato.

Rodrigo, o filho mais velho, e Anita começaram a frequentar a UEP. Colhendo informações sobre Diana, foram ao seu encalço. O diálogo é desnecessário reproduzir. Seria cópia do que rolou com a Sônia. Apenas acrescidos à cena a mulher oficial e os dois filhos.

Agarrada a princípios, desta vez, Diana ouvia pacientemente, limitando-se a usar das palavras somente no fim do longo monólogo da Sra. Souza.

_ Está enganada. Nada tenho a ver com seu marido. É coisa do passado. Se ainda pensa em mim, é problema dele. Eu abdiquei de ser a outra, quando entendi que era apenas mais uma para a coleção. E se me dá licença, tenho que tratar de minha vida. Ah, sei que sou a última pessoa que deveria dizer isto, mas acredito que você merece alguém melhor do que o traste do seu marido, que vê nas mulheres um passatempo.

_ Bem que você gostou...

_ Aí que se engana. Quando percebi o defeito, pulei fora. Prefiro ficar sozinha que ter ao lado uma pessoa insensível e cínica.

Deixou a mulher plantada.

Anita viu, a contragosto, sinceridade nas palavras de Diana Fiorini.

A boa impressão fez com que desse um salto qualitativo. Uma firme convicção de que não perdoaria os desvios do marido. Se um dia ele voltasse, seria muito, mais muito diferente. Haveria de respeitá-la.

Acontece que o marido encarava a situação de outro modo. Se quando saiu de casa queria porque queria recuperar o espaço dentro do lar, da família, agora mudou tudo. O incidente lhe soa como um alívio. Não precisava fingir, nem suportar um relacionamento sufocante. Cansou da máscara de vilão, pois não amava nem nunca amou Anita. Justo que procurasse nas outras um atenuante para tolerar a presença da Sra. Souza.

Fingiria até cem anos ou mais. Para a má sorte de sua infidelidade, ele encontrou o verdadeiro amor. Agora quer exclusividade.

Pela primeira vez, respirou aliviado. Assumia um verdadeiro amor. Tinha certeza de que a esposa sabia, nem fazia questão de negar. Ao contrário, queria que o mundo todo soubesse. Desejava ele próprio ter a maior confiança nesse sentimento novo em sua vida.

De acordo com o novo sentimento, mergulharia de corpo e alma na aventura, assim que saiu de mala e cuia da sua residência. O que empacava era a menina se fazendo de dura. Armindo teria que lutar. Faria com que ela enxergasse que é muito importante para ele. Um árduo e longo caminho a percorrer.

_ Não tenho mais nada a perder. Lutarei porque simplesmente achei uma razão para lutar.

Quem visse o doutor mandar flores, fazer juras de amor, sempre com a expressão de cachorro suplicante, se admiraria.

Ainda que convicta em não ceder, Diana teve lá seu espanto. No caso de um garanhão, as manifestações fugiam das esperadas. Nunca lhe passaria pela cabeça que um tipo como Armindo agisse como um colegial sensível.

_ Daí a pouco desiste – Diana acreditava que aquela nova roupagem permanecesse por muito tempo na pele do médico.

Embora budista, estava calejada pela desilusão. Mesmo uma discípula fervorosa no amor, admite que há pessoas que se apaixonam, outras não.

Quanto mais o doutor perseverava na batalha de reconquistar mais se via sugado por um grande vazio. Acreditara que somente podia Diana preenchê-lo.

Em breve, entraria com o desquite. O divórcio seria mais demorado. Como não pedir a separação? A esposa impedindo que entrasse em casa. Na faculdade, os companheiros de profissão com os olhares de profunda repreensão, ainda que se mantivessem silenciosos à sua frente.

Tudo isso era nada quando comparado à dor pela ausência de Diana.

Sônia soube da separação do casal Anita e Armindo. Num último fôlego, arremessou o derradeiro golpe contra Diana, embora já sem grande expectativa quanto a arrastar o doutor para o seu lado. Queria acusá-la de ter promovido o falecimento de um lar. A intenção era de tirar a universitária do páreo.

A oportunidade para abordá-la chegou no dia seguinte, na saída do RU.

_ Deve estar muito satisfeita – a doutora se insinuou.

_ Quê?

_ Vai dizer que ainda não sabe? – mostrava-se sarcástica.

_ Não sei do que está falando.

De fato, não sabia.

_ Já era tempo. O Dr. Armindo deixou a família. Pediu a separação.

Estava surpresa.

_ Graças a você. Está feliz agora? – disparou.

A garota ofendida quis encerrar a conversa.

_ Que pena por eles. Mas acho que isso não a interessa.

_ Claro que interessa. Pois, então, uma pessoa que se diz budista faz um papel desses. É a primeira a destruir a paz alheia.

_ Será que estou enganada ou você realmente endoidou de vez? Mistura crença e relacionamento a dois. Budista ou não, não fui eu que tornei o cara sem-vergonha, muito menos convenci a mulher a pedir o divórcio.

_ Mas se você não tivesse esta cara de sonsa, que fala uma coisa e faz outra.

_ Você entende nada de budismo. O engano aqui é você. Corre atrás dum homem que não te quer e que te trocou. Aliás, depois de você, ele teve outras. Mas cismou sei lá por que em pegar no meu pé. Fica sabendo que eu estou cheia das suas neuroses. Se caso está a fim do sujeito, vá atrás dele e me deixa em paz.

_ Você é muito estúpida.

_ Eu? Imagina. Quem não perde a paciência numa situação assim? O que me causa espanto é que você seja uma professora da UEP. Tudo bem que todos nós precisamos de alguém, e queremos um parceiro. Agora ficar se arrastando que nem um mendigo é coisa para dar pena.

_ Guarde sua pena para si.

_ Saberei guardar desde que me deixe em paz. Me enchi. Da próxima vez, vou dar queixa ao departamento, talvez até na polícia. E se me dá licença...

Nem esperou que a doutora desse a tal licença. Seguiu para a sala de aula. Estava atrasada há uns quinze minutos.

Diana acelerou o passo. Na curva da rampa, esbarrou com o volumoso Jerônimo, diretor do campus, e sua comitiva. Iam almoçar. A reunião terminara tarde. Os eminentes diretores professores doutores viam-se obrigados a adiantar a hora da boia. Ossos do ofício. O sensível estômago de Jerônimo abominava quando isto acontecia.

_ Essas jovens de hoje, nem andar direito sabem. As manadas de bois são mais educadas – desabafava um diretor administrativo, ainda sentindo o pisão que levou no pé pela universitária que passou como um foguete.

_ Não que eu ame o passado, mas as garotas na minha época de moço, ah, aquelas sim, no melhor estilo de Sofia Loren. Do jeito que está hoje é bem capaz que num dia desses essa garotada use a gente como tapete – Gerônimo brincou, querendo driblar a revolta do estômago. Mas a expressão do diretor comilão dava pena.

Diana lançou mão de toda a capacidade de concentração. Diante de Sônia, conseguiu uma postura determinada. Evitou reflexão exagerada, e segurou as lágrimas. Disse o que sentia, com serenidade, sem verbalizar baixarias.

As reflexões, para ser sincero, só vieram na sala de aula. Vencida a ira, ponderou sobre a situação. Por mais que tentou, não deu para evitar sentir-se lisonjeada. O sujeito havia pedido a separação por causa dela. O sujeito teve muitas aventuras. Mergulhada na sua concepção de felicidade a dois, Fiorini acredita que Anita poderia ser mais feliz longe de Armindo. Estando livre, quem sabe a Sra. Souza achasse um companheiro à altura. Isto é, que gostasse dela a ponto de ser fiel.

A universitária assistiu à aula numa boa.

Ainda que desconsiderasse a hipótese de voltar aos braços do professor, era muito mais confortante vê-lo apartado da mentirosa vida que levava. A estudante de Medicina acreditava no ser humano. Esperava que, na próxima vez, o sujeito desse mais valor à pessoa com quem dividisse a vida. Quanto a defender a exclusividade, não abre mão.

O mal-entendido entre os dois perdurou semanas seguidas. O mau tempo cessou. E na saída duma discoteca, o doutor Armindo conseguiu fisgar a esquiva Diana.

Diana, como se sabe, saía pouco. Geralmente à procura duma fuga, quando queria fechar a pequena ferida causada por algum espinho do dia a dia. Gostava mesmo era de ficar em casa sozinha, estudando, com os pais, vendo TV, papeando ou jogando Banco Imobiliário.

É bom mencionar as reuniões, as visitas e as viagens com a divisão das moças do centro budista. Se deixava arrastar de casa com prazer.

Naquela noite, permanecia em pleno conflito. Esquecer o doutor ou ir atrás?

A prima Fiorini a acompanhava. Outra que saía de casa com muito custo. Vida dividida entre o marido e a carreira bem-sucedida como psicóloga escolar. Aceitava convite para sair ou ela mesma convidava somente quando sentia que a prima queria se abrir. A intimidade entre elas dava o exato tom do que passa na vida uma da outra. As saídas somente se davam quando o marido se ausentava e os avós aceitavam ficar com o pimpolho.

Ao reconhecer Armindo, arrastando asa para cima de Diana, Rafaela procurou tirá-la dali. Mas, se a filha do Sr. Vicente não queria ir.

_ Pois vou eu...

Nitidamente contrariada, a psicóloga saíra da boate. A Fiorini ainda tentou ir atrás, as fortes mãos do doutor a sustiveram.

_ Seria pedir muito ter duas palavras contigo? Prometo que não vou te fazer mal...

Acharam uma mesa bem ao centro da boate. A única desocupada.

Tiveram que esperar uns minutos até o garçom vir, limpar a mesa e apresentá-la em condições de uso. Casa cheia exige paciência. Entre uma e outra bebida, vai um bom tempo. Essa demora no atendimento agrada aos que têm pouco dinheiro. Idem para os que estão emplacando uma conquista e querem privacidade. Quanto menos garçom à mesa, melhor.

Para Armindo, era ideal. Estava a fim de reatar o relacionamento. E dividir a cena com funcionário seria o fim da picada. Havia pedido bloody mary para Diana. Esquisito esse lance de Tequila, de bloody mary... No seu tempo de boêmio, as meninas curtiam Martini, quando muito Campari, pelo menos as que passavam por mais requintadas.

Que importa a moda? O que vale é a companhia e o que se pode tirar de proveito.

Através das palavras do professor, que mais uma vez julgou sinceras, a universitária enxergou que ele é o homem de sua vida. Deveria lutar e correr todos os riscos.

_ Abandonou a família por causa de mim – murmurava.

Inseguro quanto ao êxito da vitória, o conquistador prosseguia no ofício. Despejava frases e mais frases a fim de que a futura doutora não negasse mais uma chance. Durante algum tempo, Fiorini se manteve surda. Melhor, em sua cabeça bailava uma única frase, a que Sônia lhe atirou, na tentativa de diminuí-la.

Pouco tempo depois, dirigiram-se, de mãos dadas, para o estacionamento. Como Rafaela havia pegado Diana, Fiorini deixou o carro em casa. Pagaria táxi, pensou ela, logo que Rafaela saiu contrariada da boate.

Diana fraquejou e cedeu diante do doutor? Em termos.

_ Você vai ver como será diferente – suspirou o professor.

Diante das juras de amor, de frases sob encomenda, qualquer coração suscetível balança. *Que você é a pessoa que faltava na minha vida, que por mais que tentei te evitar, eu não consegui e não estou conseguindo nem trabalhar direito.* O doutor Armindo resolveu ser prático. Jogou as cartas na mesa. Mostrou o que realmente Fiorini podia esperar dele, se o aceitasse de volta.

_ Estou disposto a dar um salto qualitativo em minha vida – coçou o queixo, e completou. – Melhor, em nossas vidas.

Diana era todo ouvido.

_ Quero te assumir publicamente. Quero me casar contigo. Se bem conheço minha ex-esposa, enquanto eu viver em Ribeirão, nunca me deixará em paz. Quero ir para outra cidade, refazer a vida ao seu lado.

Fiorini achou coerente a afirmativa, sem, no entanto, mostrar atitude de concordância. Queria ver até onde iria o potencial do falador.

_ Para tanto, achei uma solução. Contatei a universidade de Marília. Quero ir para lá.

Nisso bateu uma apreensão. Diana quedou cabisbaixa.

_ A vaga na universidade é fácil. O que pesa mais é se a pessoa com quem desejo dividir a vida, com exclusividade, vai acreditar em mim e querer construir a vida a dois.

Uma reflexão silenciosa.

_ Você é esta pessoa. Então, aceita?

Aceitou.

O doutor arrastou a carcaça em Ribeirão Preto até o final do ano letivo. Seria irresponsabilidade abandonar as turmas. Diana completaria os estudos em Ribeirão, com ou sem cara feia dos incomodados. Em fevereiro de 2002, concluída a graduação, é que ela partiria.

O casamento aconteceu em abril de 2000, desagradando os supersticiosos que optariam por maio, mês das noivas.

A esposa chorou mais de raiva que por amor. Ser trocada é dureza. Até havia esquecido que tinha posto o sujeito na rua. A ex-senhora Souza embirrou no começo, atrapalhando o pai visitar os filhos. Sugestionado pela ira da mãe, o caçula nutriu rancores pelo pai por algum tempo.

A vida não para. Embora amargo, o remédio, depois que produz a cura, é visto de outro modo. Vencidos alguns meses, Anita passou a se sentir mais livre, bela e solta. O curso de mestrado estava bem encaminhado. Gostava do que fazia. Dedicava-se.

Uma nova paixão alegraria o calejado coração de Anita. Quem mais que seu professor orientador, lá na USP, em São Paulo, para realizar tal proeza? Homem de cinquenta e sete anos, inteligente e muito atencioso. Anita se sentia uma mocinha. Nunca foi tão bajulada, tão mimada, tão protegida.

Decorridos cinco meses do primeiro encontro, estavam morando juntos. E antes que o primeiro dia de 2001 apontasse no horizonte, Anita, aos quarenta e dois anos, carregava uma barriga de três meses. Sua segunda menina, e quarta criança no cômputo geral.

Os filhos de Armindo iam de tempos em tempos a Marília, visitá-lo. O doutor, em datas festivas, dava um pulo em Ribeirão, para rever as crianças e os amigos. Diana mantinha o roteiro para com seus pais e parentes.

São José dos Campos, março de 2004.

Mais livros do autor

www.ingramcontent.com/pod-product-compliance
Lightning Source LLC
Chambersburg PA
CBHW020644260626
47157CB00008B/2908